O diário de PanDora

DRICA PINOTTI

O diário de PanDora

e as confusões do primeiro amor

ROCCO
JOVENS LEITORES

Copyright © 2012 by Drica Pinotti

Direitos desta edição reservados à
EDITORA ROCCO LTDA.
Av. Presidente Wilson, 231 – 8° andar
20030-021 - Rio de Janeiro, RJ
Tel.: (21) 3525-2000 - Fax: (21) 3525-2001
rocco@rocco.com.br
www.rocco.com.br

Printed in Brazil/Impresso no Brasil

ROCCO JOVENS LEITORES

Gerente editorial
ANA MARTINS BERGIN

Editores assistentes
CAROLINA LEAL
LUIZ ROBERTO JANNARELLI

Projeto gráfico
MARI TABOADA

Preparação de originais
SUELEN LOPES

CIP-BRASIL. CATALOGAÇÃO NA FONTE
SINDICATO NACIONAL DOS EDITORES DE LIVROS, RJ

Pinotti, Drica
P725d   O diário de Pandora / Drica Pinotti. - Rio de Janeiro: Rocco Jovens Leitores, 2012.

ISBN 978-85-7980-129-7

1. Adolescentes (Meninas) - Literatura infantojuvenil. 2. Literatura infantojuvenil. I. Título.

12-3631

CDD: 028.5
CDU: 087.5

Este livro obedece às normas do Acordo Ortográfico da Língua Portuguesa.

SUMÁRIO

JANEIRO — *Um presente inusitado*	15
FEVEREIRO — *Todo início é intrigante*	21
MARÇO — *O maior mico do mundo!*	31
ABRIL — *Viva o verde!*	47
MAIO — *Coração despedaçado*	53
JUNHO — *Eu amo o Danny do McFly*	61
JULHO — *Enfim, férias!*	65
AGOSTO — *Volta às aulas chuvosa*	69
SETEMBRO — *Domingo é dia de missa*	81
OUTUBRO — *De volta à vida*	85
NOVEMBRO — *Paixonite e outras surpresas*	93
DEZEMBRO — *Adoro as canções natalinas*	103
RESOLUÇÕES DE ANO NOVO!	107
AGRADECIMENTOS	111

AVISO AOS MENINOS!
DORA ADVERTE:

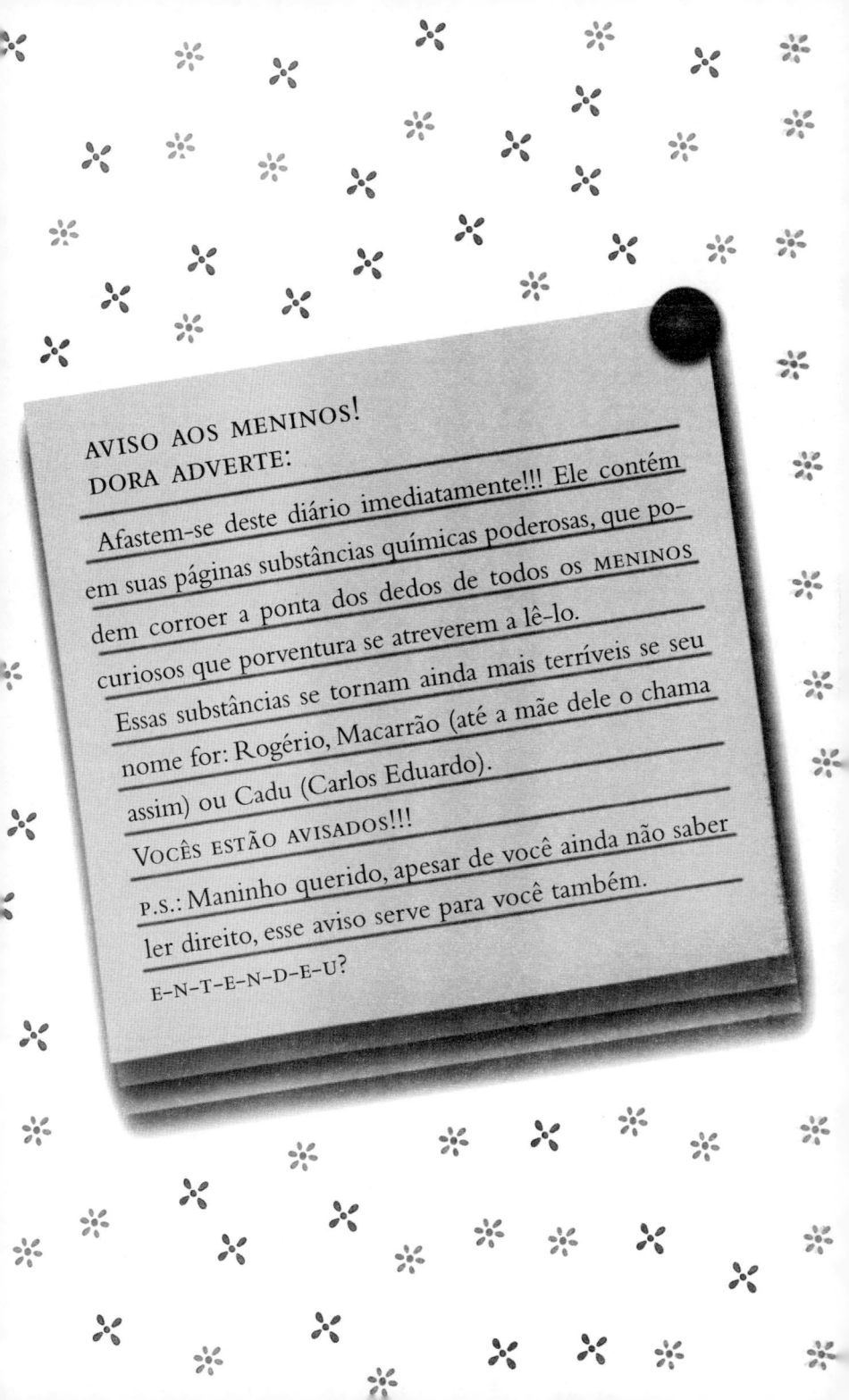

Afastem-se deste diário imediatamente!!! Ele contém em suas páginas substâncias químicas poderosas, que podem corroer a ponta dos dedos de todos os MENINOS curiosos que porventura se atreverem a lê-lo.

Essas substâncias se tornam ainda mais terríveis se seu nome for: Rogério, Macarrão (até a mãe dele o chama assim) ou Cadu (Carlos Eduardo).

VOCÊS ESTÃO AVISADOS!!!

P.S.: Maninho querido, apesar de você ainda não saber ler direito, esse aviso serve para você também.

E-N-T-E-N-D-E-U?

Este diário pertence a:

Pandora Graziela, mais conhecida como **Dora**, a simpática. Eu sei o que você deve estar pensando. Realmente, minha mãe caprichou no meu nome. Pandora já era suficientemente constrangedor, mas Pandora Graziela... Ela realmente se superou. Mas acreditem ou não, eu gosto muito do meu nome.

Idade: 14 anos e meio. Até agora bem-vividos, pelo menos eu acho.

Colégio: Esse assunto é um tédio, prefiro não comentar.

Professores preferidos: Nenhum. Ah! Espera um pouco... Eu gosto da Carrie, a estranha.

Melhores amigas: Mel, Rafaela e Priscila. A Mel é minha melhor amiga desde que nos reencontramos no ano passado, a Pri e a Rafa são minhas amigas desde sempre. Além da Mariana, mesmo depois de tudo que aconteceu e da distância. Agora ela mora com o pai na Europa, mas mesmo assim continuamos amigas.

Novas amigas: Este ano conheci a Amanda e a Carol (nome de princesa). Elas são ótimas, muito divertidas. A Amanda já estudava no colégio há muito tempo, mas ela era uma daquelas meninas invisíveis da escola, sabe? Aquele tipo que de tão sem graça, ninguém vê. Mas esse ano ela se apaixonou, mudou o visual e agora é até popular entre os meninos. O que o amor não faz, né?

Carol era amiga da Ludmila, mas como vocês já sabem, ela é uma cascavel. Desculpe, eu não deveria desrespeitar os bichinhos; eu realmente não tinha a intenção de ofender a espécie das cascavéis, mas como eu ia dizendo, a Ludmila aprontou uma das boas com a Carol, daí a Carol se encheu e resolveu vir para o time das glamourosas e simpáticas (ai, como eu sou modesta! Desculpem!).

Peso: 200 gramas mais gorda do que ontem. Tudo culpa daquela caixa de bombons que o Rogerinho me deu na semana passada. Ainda bem que ontem eu comi o último dos bombons bandidos. E agora o resultado, 200 gramas a mais do que ontem e quase um quilo a mais do que há uma semana. Isso é o fim! Realmente é!

Namorados: Apenas um. Rogerinho, o fofo (mas meu pai nem pode sonhar com isso, ele é muito ciumento).

Cores preferidas: Azul-turquesa e rosa-choque. Eu amo cores fortes.

Adoro: Ler o horóscopo todas as manhãs. Jonny Cristal é o meu guru, ele escreve para o principal jornal do país. É impressionante como ele acerta tudo.

Profissão: Estudante e locutora da rádio amadora do grêmio do colégio.

Bicho de estimação: Cadela Cookie, temporariamente alojada no sítio dos meus avós (sei que dois anos não são mais temporariamente, mas o que eu posso fazer? Não temos espaço para ela no apartamento).

Melhor livro: a série "De menina a mulher" e *Harry Potter*!

Melhor Banda: McFly (eu amo esses caras! Principalmente o Danny).

Melhor cantor: Justin Bieber.

Melhor Cantora: Miley Cyrus, Amy Lee e Avril Lavigne.

Melhor Filme: *De repente 30*, *Sorte no amor*, *Harry Potter*, a saga Crepúsculo, *A nova Cinderela* e muitos outros. Adoro cinema.

♥ OUTRAS INFORMAÇÕES A QUEM POSSA INTERESSAR:

Meu maior defeito: Eu falo demais.

Minha maior qualidade: Eu falo demais.

Meu irmão: 6 anos e já é um verdadeiro gênio na arte de infernizar as pessoas, além de delinquente infantil.

Meus pais: São ótimos (mentira!). Não, eles são ótimos, sim! Eles são incríveis! (mentira... mentira mesmo!) Papai adora o trabalho, mas passa muito tempo conosco quando está em casa e isso é muito bom. Ele morre de ciúmes do meu namoro com o Rogerinho e isso me irrita um pouco. A minha mãe é muito carinhosa, adora abraçar causas perdidas. Cachorros abandonados, crianças que pedem esmola nos semáforos ou, como agora, a causa verde. E quando ela coloca isso na cabeça... ninguém segura! Mas eles são ótimos... são sim.

Primeira confissão

Preciso dizer que sou uma garota normal. E, como tal, sou muito preguiçosa. Toda garota normal é preguiçosa. Não gosto de arrumar o quarto, lavar a louça do jantar, lavar as minhas próprias roupas, lavar os meus tênis, então, nem pensar! Estudar, apenas de vez em quando, quando realmente não dá mais para enrolar. Adoro ser do contra, então se um dia eu escutar alguém me chamando de preguiçosa eu vou negar e chamar a pessoa de louca ou coisa assim. Viu? Sou normal.

Sendo assim, lamento informar que tentarei atualizar o meu diário todos os dias, mas não prometo nada. Essa história de manter um diário não foi ideia minha. Eu já tenho muitas tarefas e minha rotina é bastante puxada. Tudo culpa da minha mãe, que diz que eu preciso me preparar para o futuro. E uma mulher preparada é sinônimo de uma mulher ocupada desde já. Pelo menos é o que pensa a minha mãe.

Enfim, meu querido diário (que piegas), tenha paciência comigo, pois prometo não abandoná-lo jamais (ao menos vou tentar).

– JANEIRO –

Um presente inusitado

Há algum tempo uma questão social anda atormentando a minha mãe. Atormentando é modéstia linguística, se é que isso existe. Ela anda paranoica, completamente incomodada com isso, a ponto do assunto ter reflexos na minha vida. A questão que não sai da cabeça dela é: Por que as pessoas não escrevem mais à mão? Por que a tecnologia está deixando o mundo uma sujeira e as pessoas estão mais acomodadas e preguiçosas?

Outro dia, enquanto eu entrava na cozinha para tomar café tranquilamente, fui sugada para dentro de uma discussão acalorada entre ela e meu pai exatamente sobre isso. Meu pai, contador, defendia que a tecnologia, as mídias sociais, blogs, sites e todas as formas modernas de expressão social eram a grande mola da vida moderna atual, e que tudo isso junto era a coisa mais maravilhosa que já aconteceu na existência humana, afinal a vida de um contador antes da tecnologia era muito mais penosa. Minha mãe, por outro lado, defendia um discurso ultrapassado, dizendo que andar de carroça não poluía o ambiente e escrever à mão deixa a caligrafia maravilhosa, além de exercitar os dedos. "Exercitar os dedos? De onde ela tirou isso?" pensei.

Tentei permanecer fora da discussão, prevendo que sobraria o pior para mim. Só para variar. E o pior nesse caso seria ter meu direito às minhas três sagradas horas de internet caçadas pela nova implicância da mamãe com tudo que pode realizar tarefas com apenas o apertar de um botão.

– Imagine, querido, como seria maravilhoso se a Dora pudesse ir à escola de bicicleta? E nós poderíamos deixar de usar o carro alguns dias na semana. E assim também economizaríamos dinheiro, já que o combustível está custando os olhos da cara!

Eu e meu pai trocamos olhares temerosos. Minha mãe vira um monstro quando incorpora novas ideias. E esse era o caso.

– Mas eu chegaria toda suada à escola! – Tentei argumentar.

– Qual o problema? Você poderia chegar mais cedo e tomar banho lá.

– O quê? – Virei para o meu pai, implorando ajuda. – Pai, diz alguma coisa!

– Querida, não acho que estejamos em má situação financeira. Não precisamos economizar deixando de levar a Dora até a escola. Além disso, acho perigoso demais ela ir andando de bicicleta sozinha pela cidade. Pense bem, ela poderia ser atropelada. Os motoristas desta cidade são pessoas extremamente estressadas – finalizou meu pai com a voz um tanto dramática.

— É, acho que você tem razão. Mas, sinceramente, acho que algumas coisas nessa casa precisam mudar.

— Como o quê, por exemplo? — Temia a resposta, mas mesmo assim era melhor saber logo.

— Ainda não sei. Mas vou pensar em maneiras de vivermos a simplicidade da vida como meus avós viviam. Naquela época, as pessoas eram mais felizes e ninguém tinha computador, máquina de lavar, secar, passar, triturar... Tudo era mais simples. As pessoas viviam bem, eram magras e tinham a caligrafia perfeita!

Ainda não entendi essa coisa com a caligrafia! Por que ela quer que as pessoas tenham letra bonita? Ninguém mais escreve cartas. Escreve?

— Quando éramos jovens, Dora, sua mãe era chamada de "influência vermelha" pelas amigas da faculdade. Uma referência explícita às tendências comunistas que ela tinha. Agora, teremos uma "influência verde" em casa.

— Influência verde?! — exclamei. — Por quê?

— Espere e verá. Teremos um lar verde e a vida mais ecologicamente correta que ela puder nos arrumar muito em breve. Não tenho dúvidas disso — completou ele, enquanto mamãe sorria.

Meu sorriso amarelo deixou clara a minha inquietação. Não sei o que virá pela frente, mas tenho certeza de que não vou gostar.

— ♥ —

DOIS DIAS DEPOIS...

Três batidas na porta do meu quarto e antes que eu pudesse terminar a frase "pode entrar" ela já estava lá, na minha frente, segurando duas sacolas e falando sem parar.

— O que você comprou para mim?

— Um kit de crochê para você poder fazer o seu próprio cachecol para o próximo inverno. Um livro para que você aprenda a viver verde e ajude o planeta, que está doente, apodrecendo e precisando de socorro. O capítulo 8 é sobre como manter uma pequena horta na varanda de um apartamento. Achei que você poderia fazer isso para ajudar a nossa família a viver melhor. O que acha?

Eu nem senti vontade de responder. E ela continuou...

— E por último, o melhor de tudo. — Ela me olhou nos olhos com um sorriso largo no rosto e completou, eufórica. — Um diário! Não é maravilhoso? Você poderia reduzir as suas três horas diárias de internet, por duas e meia e utilizar essa meia hora para treinar sua caligrafia e atualizar o seu diário, exatamente como eu fazia quando tinha a sua idade.

Será que eu já posso chorar agora? Eu sabia que essas neuras com vida ecológica, menos tecnologia e a obsessão por caligrafia bonita iriam ACABAR COM A MINHA VIDA!!! Eu sabia!

— Mãe! Eu prefiro morrer a fazer crochê!!! Está me entendendo?

– Dora, não seja rebelde. Isso não é bonito, filha. Você não pode falar assim com a sua mãe. Além disso, toda garota precisa ser jeitosa com artes manuais. Faz parte da natureza da mulher.

– Mãe, vê se entende... Eu odiei todas aquelas aulas de crochê que você me obrigou a fazer. Simplesmente odiei ficar com calo nos dedos por causa da agulha! Adoro hambúrguer gorduroso e não tenho a menor intensão de comer comidinha saudável. Todo mundo sabe que os jovens têm metabolismo rápido. E o meu é ultrarrápido, então vou aproveitar isso, que é algo maravilhoso, para me empanturrar de guloseimas e coisas gordurosas enquanto eu posso. Pois quando eu tiver 25 anos, sei que estarei louca correndo atrás de dietas e saladas para não engordar nenhum grama sequer! Então, sem chance de a sua horta ser instalada na sacada do meu quarto! E, tem mais... Nas minhas horas no computador ninguém mexe!

– Olha só, filha...

E foi assim, com um discurso cheio de apelo emocional, que ela me convenceu a instalar e cuidar da horta na sacada do meu quarto, a trocar um kit de crochê por um de tricô e a fazer mais algumas aulas no bazar da igreja, onde as freiras bondosas tentam ensinar meninas cabeça de vento feito eu a aprenderem algo que tenha utilidade quando elas casarem. Mas quanto as minhas horas na internet, eu não arredei o pé. Foi então que ela conseguiu tudo que queria, disse que não mexeria nas minhas horas na internet se eu prometesse que atualizaria, pelo menos duas vezes por semana, este diário que você está lendo agora. Como promessa é dívida... Vamos lá...

– ♥ –

— FEVEREIRO —

Todo início é intrigante

Primeira semana de atualização do meu diário.

Meu nome é Pandora Graziela, tenho 14 anos e meio, mas adoro dizer que tenho 15. Gosto muito de colares coloridos, coleciono chaveiros diferentes e engraçados, também curto ganhar *bottons* fofos e sou completamente apaixonada pelo Danny do McFly. Meu namorado, é claro, não gosta nada disso. Ah! Isso me faz lembrar que este diário será um baú de confidências sobre o Rogerinho também. Mas na verdade vou tentar deixar as nossas histórias e intimidades longe destas páginas, porque, afinal de contas, minha mãe estará olhando este diário bem de perto. Quanto ao Rogério, espero que ele nunca tenha a oportunidade de ler este caderninho muito meigo, rosa e de capa dura. Ele me mataria se soubesse que eu disse aqui que ele beija muito bem! Por favor, não contem isso a ele, é sério, ele não gosta de ter a intimidade exposta por aí de maneira leviana. Essas são as palavras dele, ele adora falar difícil.

Também gosto de dançar, tenho paixão por esportes de velocidade, comer é comigo mesma e as coisas que mais detesto no mundo são fazer crochê e sentir inveja! Odeio! Mas, infelizmente, às vezes acontece. O quê, fazer crochê? Não, sentir inveja.

Tenho três grandes amigas no mundo. Digo no mundo porque a Mariana está morando com o pai, a madrasta e dois irmãos na Europa e a Priscila e a Mel estão aqui, bem pertinho de mim. Na verdade, a Mel mora no mesmo prédio que eu, o que facilita e muito o nosso SIF (Sistema Informativo de Fofoca). Tenho outra grande amiga que se chama Rafa, mas ano passado nós tivemos alguns problemas, então tive que rebaixá-la de "melhor amiga" para "boa amiga".

Vivemos sempre juntas, inseparáveis, tipo unha e carne, como diz a minha mãe. Sempre que temos um problema, desabafamos juntas e seguramos as mãos como se fôssemos de alguma irmandade com poderes sobre-humanos. É como se os problemas diminuíssem pelo simples fato de estarmos juntas para resolvê-los.

Tenho um irmão de 6 anos. Confesso aqui que sou louca por ele, apesar de quase sempre chamá-lo de sociopata e gênio a serviço das pequenas e médias maldades. Mas ele bem que faz por merecer o título. Desde muito pequeno, ele fica no canto dele com o olhar perdido, pensativo, analisando os movimentos das pessoas para saber o ponto fraco delas e onde ele pode surpreendê-las. Se eu fosse você, tomaria muito cuidado com ele.

Como eu já disse, a ideia deste diário foi da minha mãe e a finalidade é melhorar a minha caligrafia. Então ela disse que eu teria que escrever aqui tudo o que eu escrevo no meu blog. Mas as coisas que conto no meu blog eu quero dividir com as pessoas. São coisas que quero compartilhar, quero que todos saibam. Diários não são exatamente para fazer o contrário? Tipo, desabafar coisas que você não contaria para ninguém? Como, por exemplo, quando eu colei chiclete nos cabelos longos da Ludmila por ela ter inventado que o Rogerinho tinha terminado comigo. Eu jamais diria isso no meu blog porque seria completa estupidez!

Mas não pense que faço essas coisas todos os dias. Sei que é errado e para falar a verdade eu até me arrependi quando vi a Ludmila chorando porque teve que cortar uma mecha de cabelo. Imagina o drama? Chorando histericamente por causa de uma pequena mecha de cabelo. A Ludmila, minha inimiga declarada no colégio, é que é a vilã da história, não eu! Ela sempre se empenha para me magoar, caçoar de mim e me humilhar em público. Não tenho culpa de ser popular, sabe? E menos ainda se tenho um namorado muito mais velho e maduro que a maioria dos garotos da escola. Rogério já tem 17 anos e meio e vai começar a faculdade. Imagina só, meu namorado na faculdade! Nem eu consigo acreditar. Meu pai ficou todo preocupado, pois, afinal de contas, o que um cara na fa-

culdade vai querer com uma colegial como eu?! Assim...
Eu só tenho 15 anos, né? (quinze anos incompletos, mas isso é detalhe).

Acho que minha caligrafia já melhorou bastante hoje. Vou dormir.

— ♥ —

ALGUNS DIAS SÃO ENGRAÇADOS...

Ontem uma coisa muito cômica aconteceu aqui em casa. A minha mãe não achou a menor graça, mas preciso dizer que eu ri litros! Até chorei de tanto rir.

Sabe aquela história da horta na sacada do meu quarto? Pois bem, eu prometi à minha mãe e cumpri. Duas semanas atrás, fomos ao mercadão central e compramos tudo que necessitávamos para iniciar a tal horta. Compramos um recipiente retangular de mais ou menos meio metro por 25 centímetros e com 15 centímetros de altura. Também compramos um pacote de terra marrom, adubo, semente e algumas mudas de hortaliças. Mamãe chegou em casa radiante, eu nem tanto. Alguém já te disse que adubo é feito de fezes de cavalo? Como uma pessoa pode ficar eufórica de ter que colocar as mãos nisso? Ela até chegou a ligar para a mãe do Macarrão, que é paisagista, para pedir algumas dicas.

– Mãe... Tipo assim... fala sério! Você acha mesmo que vou colocar as minhas mãos ali?

A resposta foi um par de luvas voando na minha cara.

Pode? Quando se trata da minha mãe, tudo pode!

Animada, minha mãe, claro, leu as instruções, e misturamos a terra abrindo delicadamente profundos buracos para a colocação das sementes. Encaixamos também as pequenas mudas que já estavam plantadas e em desenvolvimento. Regamos e tudo ficou exatamente como minha mãe desejava. Prometi solenemente que iria regar todos os dias e que jamais abandonaria as pobres plantinhas à própria sorte. Ela quase exigiu a presença de um juiz e de uma bíblia para sacramentar a minha promessa.

E assim o fiz. Dias se passaram e meu trabalho (agora era meu trabalho) estava florescendo. As hortaliças estavam aos poucos chegando à maturidade necessária para ir parar na panela da Luzinete, a empregada aqui de casa.

Mas ontem tudo desmoronou. Como já comentei, meu irmão é um pequeno gênio sociopata, uma mente brilhante dedicada às pequenas maldades. Ontem, ao chegar em casa depois da escola, encontrei entre as pequenas pegadas de terra pelo chão do meu quarto os primeiros vestígios de destruição. Os fatos a seguir são do meu relato inocente sobre por que não posso continuar a cuidar da nossa horta.

– Dora, vai lá na horta e pega uma pimenta dedo de moça, e também um pouco de coentro, por favor.

– Não posso.

– Não pode? Por que não pode? Deixa de preguiça menina, você não está fazendo nada. Vai lá que eu preciso disso para terminar o jantar.

– Mãe. Não posso.

– Dora, estou sem paciência hoje. Vai logo lá!

Grande novidade, ela estar sem paciência. Quando o assunto sou eu, ela nasceu sem paciência.

– Não posso pegar porque não tem!

– Não tem? Como assim? O pé de coentro estava lindo ontem.

– É, eu sei. Mas isso foi ontem. Hoje não tem.

– Então me traz a cebolinha.

– Também não tem.

– Dora, você sabe como esse seu jogo me irrita profundamente, não sabe? Então me diz logo o que está acontecendo!

– Olha só, mãe... Não tive culpa alguma nessa história.

– O que aconteceu com a horta?

– Ela foi bombardeada e não sobrou nada. Apenas as plantinhas amassadas e buracos na terra.

– Bombardeada? Como assim? Quem bombardearia a nossa horta? Estamos no sexto andar, Dora!

– Adivinha? – E dei uma olhada pelo canto do olho para o geniozinho de 6 anos.

– Você fez isso com a horta? Você bombardeou a única coisa boa que sua irmã fez pela família em anos de existência! – perguntou ela com os olhos queimando de raiva.

— Ei, espera aí... Também não precisa falar assim de mim. Eu tenho feito muitas coisas legais por essa família...

— Por que você fez isso?

— Eu estava procurando o Bin Laden. E como ele não aparecia, eu comecei a cutucar a horta, mas ficou tudo fora de controle... E quando eu vi...

— Você estava procurando um terrorista? Um terrorista na minha horta? — Ela deu uma pausa, me olhou e disparou: — Dora, o que você anda ensinando para o seu irmão?

Só quem é irmã mais velha sabe o que eu passo. Aqui em casa, até quando sou vítima, eu sou culpada! A horta era minha (de má vontade, mas era!). Dediquei longas horas (de má vontade, mas dediquei) regando-a, podando-a, dando-lhe carinho e até (que ninguém nos ouça) conversando com as plantas. Aí meu irmão de 6 anos resolve caçar um besouro bioterrorista por lá e a culpa é minha?

— Mãe, você é sempre tão injusta comigo. Por que você não pergunta o que a Luzinete anda deixando ele assistir na TV? Outro dia eu cheguei da escola e ele estava assistindo a um documentário sobre as Torres Gêmeas, terroristas e tudo mais... Então de onde você acha que veio essa ideia de que o besouro preto que vivia na horta era na verdade um terrível terrorista disfarçado?

Como eu disse, tem dias que são muito engraçados. Tenho que admitir que meu irmão tem a mente mais criativa que conheço. E esse garoto genial me prestou um grande favor e em vez de receber uma medalha por serviços prestados à nação, acabou de castigo e sem poder assistir à TV por dias.

Além de mim, meu pai e o Rogerinho também riram horrores da maneira como a horta terminou. Então as nossas vidas, principalmente a minha, puderam seguir em frente. Só a minha mãe que não achou graça nenhuma nessa passagem do besouro terrorista pela nossa casa!

OUTROS DIAS NÃO SÃO ENGRAÇADOS...

As aulas começaram e tenho sentido muita falta da minha rotina do ano passado. Acordar todos os dias e me preparar para ir ao colégio era algo que me deixava entusiasmada. A razão? Muito simples, eu e Rogerinho nos encontrávamos todos os dias para chegarmos juntos ao colégio. Normalmente de carona com o meu pai ou com a mãe dele, mas algumas vezes optávamos pelo ônibus, que era ainda mais legal, pois podíamos conversar sobre qualquer coisa já que estávamos sem a "supervisão dos adultos".

Este ano tudo ficou diferente. Rogério e eu temos horários e rotina diferentes. Eu estudo pela manhã e ele às vezes pela manhã e às vezes à tarde. Quando ele não está na sala de aula, está fazendo algum trabalho importante e urgente. E eu... Bem, quando não estou na escola, estou em casa fazendo... fazendo o que tenho que fazer, ou passeando com as minhas melhores amigas, a Mel e a Priscila.

Entendo que as coisas mudam e que sou eu que tenho que me adaptar a elas. Porém, pedir para que eu tenha ponderação é um pouco demais.

Mais ainda quando essa adolescente tem a Ludmila em sua vida. Pior ainda se o irmão da Ludmila estiver estudando na mesma turma do seu namorado na faculdade! Aí a vida começa a ficar insuportável. E foi assim que eu entrei num beco sem saída! Ou eu termino o meu namoro com um cara fofo, mas muito mais velho (três anos mais velho, para ser exata) ou eu mato a Ludmila! Se você a conhecesse, saberia rapidamente que a segunda opção é realmente muito tentadora.

Quando cheguei ao colégio essa manhã, acompanhei o seguinte diálogo:

— O que seu irmão está achado da faculdade? Não vejo a hora de sair desse colégio boboca e começar meu curso de moda numa universidade — disse Camila, a melhor amiga da Ludmila.

— Ele está amando. Disse que é tudo bem diferente, que os professores tratam ele como adulto. Acabou essa história de não entrar na sala atrasado, de ser cobrado pelo dever de casa, ou outras coisas como essas. Além das garotas, é claro... – comentou Ludmila, que nesse momento percebeu a minha presença.

– Seu irmão já está namorando alguma garota de lá?

– Namorar? Quem falou em namorar? As garotas na faculdade são muito mais descoladas, nem pensam em namorar agora. O lance é muito mais para "ficar". Também, com a quantidade de garotas lindas que tem por lá, como eles podem escolher uma só? – E olhou para mim.

Ela queria apenas me incomodar. Fazer com que eu sentisse ciúmes do Rogério e as garotas lindas da faculdade. E sabe o quê? Funcionou! Fiquei com a pulga atrás da orelha. Eu já havia pensado nisso. Não sou boba, já sei que o Rô está cercado de mulheres lindas e experientes e que pode perfeitamente se interessar por uma delas. Mas a Ludmila precisa mesmo ficar me lembrando disso? Odeio a Ludmila cada dia mais! Sei que é feio odiar alguém, mas o que vou fazer se ela merece?!

— MARÇO —

O maior mico do mundo!

Que mico! O prêmio do primeiro grande mico do ano vai para... Dora!

Eram mais ou menos 19 horas quando Rogerinho veio me buscar. Ele subiu para dar boa noite aos meus pais e prometer pessoalmente que eu estaria de volta antes das 23 horas. Mas meu pai não estava, ele havia sido convidado para a reunião dos condôminos do prédio. Papai faz parte do grupo que fiscaliza os gastos do síndico e as despesas do condomínio.

Minha mãe nos liberou rapidamente para não perdermos o início do filme.

Apertei o botão do elevador e enquanto esperávamos, o Rogerinho resolveu não perder tempo e começou a me beijar como se não me visse há anos. Os garotos às vezes me parecem tão afoitos. Rogerinho normalmente se comporta como um cavalheiro, mas naquele momento ele estava mais para um predador, seus hormônios deviam estar desequilibrados ou algo assim. Nunca havia percebido nele tamanha empolgação.

A cena do ataque à Dora, a donzela desprotegida, continuou em ritmo frenético dentro do elevador. Eu tentava controlá-lo desesperadamente, apesar de estar gostando do ataque, claro. Mas precisava que ele tivesse um pouco mais de compostura, afinal, eu só tenho 14 anos e dois meses e sou tecnicamente uma garota com pouca experiência nesses assuntos. Não posso ficar me atracando com um garoto de quase 18 anos dentro do elevador do meu prédio. Até que... Mico total!

A porta do elevador se abriu no andar da sala de reuniões do condomínio. E todas as pessoas que estavam na tal reunião, inclusive o meu pai, aguardavam parados em frente à porta, enquanto o Rogerinho estava me agarrando de forma inapropriada para o local, o horário e a idade dos envolvidos, ou seja, eu! Ele pegava na minha cintura e me beijava como se aquele fosse o último beijo que ele daria em alguém na vida. Foi aí que escutei: – Dora! (com uma voz que lembrava a do meu pai enfurecido).

Ai, que vergonha! Que humilhação, logo todas as pessoas mais chatas do prédio. Sim, pois reunião de condomínio é coisa de gente chata, vamos combinar? Enfim, todas aquelas pessoas me olhando com olhar de censura. Todos me achando uma garota perdida ou algo pior e meu pai ali, sem saber o que dizer, com o rosto vermelho e visivelmente envergonhado. Meu coração congelou de tanto medo. Não sabia o que dizer para melhorar a situação, se é que era possível.

Rapidamente, eu disse:

— Estamos indo ao cinema, a mamãe deixou. Nós voltaremos antes das 23 horas.

Apertei o botão do elevador para o térreo e saímos correndo para o cinema.

Não há nada mais constrangedor para uma garota que ser pega em flagrante, em pleno beijo de novela, pelo pai. É realmente terrível.

Daí por diante, a noite foi de beijos minguados e preocupação com meu pai. O que ele iria dizer quando eu voltasse para casa? Qual seria o sermão e o castigo que eu receberia?

Não tive coragem de repreender o Rogério, mesmo morrendo de vontade de culpá-lo. Afinal, ele poderia ter controlado seus hormônios enquanto estivesse em território minado. Mas ele também ficou muito constrangido com a situação, então eu resolvi aliviar para ele e encarar sozinha a minha tragédia, afinal de contas o pai é meu. Provavelmente irei parar na solitária! Eu posso até apostar que meu pai me trancará no quarto por uma semana ou mais.

Quando cheguei, ele estava acordado, assistindo a um filme tipo corujão. Eu passei de fininho para o meu quarto e ele fingiu que não me viu chegar. Um sinal claro de que estava me evitando e de que ainda estava furioso comigo.

Meu pai é o tipo de pessoa que não gosta de resolver os problemas no calor da situação, então ele prefere deixar a poeira baixar e só depois disso ele toma suas decisões. Eu já sabia, a essa altura, que ele ainda não tinha decidido o meu destino.

Ufa! Escapei por hoje. Mas amanhã...

— ♥ —

CAFÉ INDIGESTO

Até meu irmão, que nada sabia do ocorrido, parecia incomodado com a minha presença na mesa do café. Todos agiam como se eu tivesse que me explicar ou algo assim. Pelo menos era esse clima de hostilidade que eu sentia no ar. Pode ser mania de perseguição, mas o clima me pareceu bem pesado mesmo. Eu, a garota pervertida que atirava minha vida sexual na cara dos vizinhos, merecia uma lição! E não deu outra. Meu pai não fez nenhum sermão, ao contrário do que eu prévia, mas fez questão de me avisar que eu estava oficialmente de castigo a partir daquele momento, e teria que ficar no meu quarto por uma semana, sem internet, sem telefone, sem meu MP3 e sem visitas.

— Sem telefone? — tentei protestar, inutilmente.

— Sem telefone, sem MP3 e sem visitas. E se reclamar, sem televisão também — ele me advertiu.

Resolvi me calar e aceitar a solitária com TV, pão e água opcionais. Talvez eu conseguisse subornar meu carcereiro de 6 anos com outra barra de chocolate para que ele ligasse para o Rogerinho e contasse que eu estaria incomunicável por uma semana, mas que ainda assim continuaria sendo a namorada dele.

Fui para o quarto, mas não sem antes passar pelos detectores de metais e ter meu MP3 e meu celular confiscados.

Ainda no domingo…

Eu não escapei do sermão. Meu pai não quis se pronunciar, mas mandou sua representante para me dizer que:

– Dora, você ainda é muito jovem para um relacionamento tão íntimo! (Gente, foi só um beijo!)

– Dora, ele já é um homem, mas você ainda é uma menina. (Ele tem 17 e eu 14 e dois meses)

– Dora, entenda que seu pai ficou constrangido na frente dos vizinhos. (Agora eu sou a garota perdida do bairro)

– Dora, o seu comportamento foi lamentável. (Ok! Eu sou uma pervertida!)

– Dora, você deveria se envergonhar pelo seu comportamento. (Ai, meu saquinho! Foi apenas um beijo! Será que minha mãe nunca deu um beijo caloroso na frente de estranhos?)

ARGH! Chega! Por que será que as mães são peritas na arte de nos fazer sentir culpa?

Pronto! Já estou péssima. Parece até que meu pai descobriu que sou atriz de filmes proibidos para menores de 18 anos! Quanto exagero por causa de um beijo. Foi só um beijo empolgado. Apenas isso. Agora eu estou condenada a uma semana de prisão domiciliar, e pior, o Rogerinho vai ter a maior dificuldade de chegar perto de mim novamente. Que mico!!!

– ♥ –

PRIMEIRO DIA NO CÁRCERE

Humor: péssimo. Sentindo muita culpa, aliás, como minha mãe queria.

Saí do quarto apenas para tomar café. No almoço, preferi ficar sozinha comendo biscoitos e assistindo a um DVD.

Meu carcereiro me trouxe a seguinte informação:

– Rogério ligou e a mamãe atendeu.

– O que ele disse?

– Não sei, foi a mamãe que atendeu.

– E o que ela falou para ele?

– Não posso dizer.

– Não pode? Como assim, não pode? Eu estou te pagando uma fortuna em barras de chocolate por esses privilégios (que incluem informações do mundo exterior, a página do horóscopo do jornal e refrigerante *light*), e você me diz que não pode dizer?

— A mamãe disse que se eu contar ficarei de castigo também. Eu gosto de chocolate, mas não o suficiente para ficar de castigo por uma semana.

Ai, que raiva! Até o meu serviço secreto de informações é incompetente. Um carcereiro corrupto com medo de punição, será que ele não lê jornal? Claro que não, ele não sabe ler. É analfabeto. Se lesse, saberia que nem corruptos profissionais são presos neste país.

— Olha aqui, pirralho, se a informação chegar pela metade, o chocolate também será entregue pela metade, ouviu?

O resto do dia transcorreu sem nenhuma novidade do mundo exterior na solitária. Ainda podia assistir ao noticiário das oito, mas ele não continha informações sobre o meu caso. Acho que meu pai conseguiu abafar o escândalo. (Claro que estou brincando!)

— ♥ —

SEGUNDO DIA DE CÁRCERE

Humor: normal. Ai, que tédio!

Mais um dia na solitária. Saí do quarto apenas para me alimentar. Não posso ficar a pão e água. Até que isso me faria bem, eu perderia uns pneuzinhos aqui do lado. Mas mamãe morre de medo de que eu desenvolva anorexia, então ao menor sinal de emagrecimento ela provavelmente me colocaria no soro, o que é terrível, pois soro faz a gente inchar e ficar com cara de bolacha.

Nenhuma informação. Meu carcereiro corrupto está sendo pressionado e não veio aqui nenhuma vez hoje. Isso indica que seu estoque de chocolate está alto também.

— ♥ —

TERCEIRO DIA DE CÁRCERE

Humor: reflexivo!

Estive pensando sobre um casal na intimidade. Todo mundo sempre diz que o que acontece com um casal entre quatro paredes é problema deles. Pois bem... Sim! Que eu saiba, um elevador também tem quatro paredes, e nem por isso deixei de ser enclausurada, como uma Rapunzel dos tempos modernos, por causa de um simples beijo. Teria sido esse o verdadeiro motivo pelo qual o pai da Rapunzel a prendeu na torre por anos e anos? Será que ela também foi pega em flagrante aos beijos com algum príncipe assanhadinho ou, pior, algum plebeu sem ter onde cair morto?

Só pode! Se em pleno século XXI meu pai tem essa mentalidade retrógrada, imagina como não pensava e agia naquela época o pai de uma princesa para protegê-la de sujeitos com o impulso hormonal do Rogerinho.

Mas voltando ao elevador... Não deveriam me dar um desconto por estar entre as quatro paredes do elevador? Isso é algo que teoricamente deveria proteger a minha privacidade. Tirando o fato, é claro, de que o elevador do meu prédio tem câmera (na qual o seu José, o porteiro, fica ligado 24 horas por dia) e que uma das paredes se abre a cada andar. Num desses andares, uma plateia estava a nossa espera para presenciar um dos maiores king-kongs da minha vida. Mas isso é detalhe, afinal um elevador tem quatro paredes.

Outro pensamento me surgiu...

Será que eu terei que esperar os meus cabelos crescerem ao ponto de as minhas tranças saírem do sétimo andar e chegarem até o térreo para que eu possa namorar novamente? Ahhh! Isso não! Meus cabelos estão curtos, nem mesmo estão na altura dos ombros. Que saco!

— ♥ —

QUARTO DIA DE CÁRCERE: CAFÉ EM FAMÍLIA

Não sei mais como estou aguentando.

Humor: apreensivo.

Chegam finalmente notícias do mundo externo. Minha mãe me disse que a Priscila ligou quatro vezes desde que meu martírio começou. A Mel ligou seis vezes e insistiu muito para falar comigo mesmo que fosse por apenas cinco minutos. Minha mãe me disse que ela chegou a propor que minha mãe ouvisse a conversa pela extensão, acredita? Essa Mel deve ser maluca. Minha mãe se recusou, claro, e disse que a Mel poderia ligar a partir de sábado, quando a minha prisão seria relaxada, caso eu continuasse a me comportar bem. O Rogerinho também ligou, mas minha mãe não quis me dizer quantas vezes e nem se ele insistiu muito em falar comigo ou não.

Não me conformo com este castigo. Já passei por todas as etapas emocionais de alguém que vai preso injustamente. Já me revoltei, já me conformei, já tentei barganhar um *habeas corpus*, uma fiança ou algo que o valha, mas nada deu resultado. Meu pai é realmente jogo duro, viu?!

— ♥ —

QUINTO DIA: UMA VISITA NO CÁRCERE

Humor: melhor.

Meu carcereiro apareceu na porta fazendo cara de que trazia boas notícias. Eu fui logo avisando que não daria chocolate algum se a informação não fosse preciosa. Mas era.

Ele veio correndo, todo empolgado, e trazia nas mãos pequenas e esfoladas, típicas de criança arteira, um cartão postal endereçado a mim.

Era um cartão da Mariana, vindo diretamente de uma estação de esqui na Suíça, onde ela e sua família haviam ido passar as festas de fim de ano.

O cartão diz assim:

Oi Dora,
Olha que lugar mais lindo! Adoro neve, adoro esquiar e estou feliz por estar com minha família. Semana que vem eu vou conhecer meu novo colégio, estou com medo, será que meus novos amigos vão gostar de mim? Quantas saudades! Eu gostaria que você estivesse aqui. Te adoro! Beijos, Mari

Ai, que fofa! A Mari está com saudade de mim. Está esquiando em um lugar maravilhoso, enquanto eu estou aqui, trancada em uma masmorra de dois metros quadrados com paredes cor de rosa. Ninguém merece!

— ♥ —

CÁRCERE: BOAS NOVAS!

Humor: bem melhor.

Parece que hoje terei direito a um privilégio. Poderei sair em liberdade condicional por bom comportamento.

Iupi! Minha mãe vai ao shopping fazer compras e disse que eu posso ir com ela se eu quiser. Se eu quiser? Ela acha que eu seria maluca de recusar um convite desses depois de tanto tempo olhando para as paredes do meu quarto minúsculo e vendo gente apenas pela TV?

Será que ela vai liberar meu celular também? Eu adoraria falar com o Rogerinho, estou morrendo de saudades e do jeito que as coisas andam, ele vai procurar outra garota com um pai mais flexível para namorar. Namorar a filha de um "general" não deve ser fácil para garoto nenhum.

Vou me arrumar! Vamos ao shopping! Iupi!!!

— ♥ —

ÚLTIMO DIA NO CÁRCERE

Humor: razoável! Último dia de prisão!

Pode acreditar, eu sei exatamente como a Paris Hilton estava se sentindo quando foi libertada da prisão, lembra? Quando ela foi pega dirigindo bêbada pela milésima vez e foi condenada a passar 24 dias em cana (fiquei morrendo de pena dela, afinal, é a Paris Hilton!). Bom, o fato é que eu me sensibilizei com essa lembrança. Primeiro a Paris sendo algemada como se fosse uma assassina ou uma criminosa comum (gente, ela é tudo... menos comum!) e essas imagens sendo transmitidas pelas emissoras de TV do mundo inteirinho! Fala sério! Isso é que é mico! Eu nunca vou conseguir, mesmo que me esforce bastante, pagar um mico desse tamanho e extensão. De jeito nenhum!

Então, tipo assim, eu fiquei pensando no alívio que ela sentiu ao ser libertada depois de 24 dias. Ela deve ter sentido o mesmo alívio que eu estou sentindo agora, pois eu também estou passando por uma situação semelhante. Apenas os vícios são diferentes, não é? Sete dias sem telefone, sem celular, sem MP3, enfim, sem nada! Apenas com as páginas do horóscopo do jornal e minha revista predileta, que chegou ontem pelo correio.

Mas por falar em ontem... O que tinha tudo para ser um passeio agradável com minha mãe, uma tarde tranquila no shopping com direito a lanchinho e sorvete, acabou se transformando em um dia na selva. Selva??? Selva!

Enquanto minha mãe estava experimentando um suéter lindo, na promoção, já que é verão e os preços dos suéteres e jaquetas nessa época do ano são incríveis. Eu passeava no piso *Flower*, procurando uma sandália rasteirinha, e de repente eu ouço uma voz estridente e irritantemente aguda dizer o meu nome. Claro que era comigo, quantas garotas chamadas Pandora você conhece? E mais, ninguém me chama de Pandora e muito menos de Pandora Graziela, apenas os meus pais quando estão bravos, ou meu irmãozinho para me irritar.

Quando eu virei para olhar, lá estava ela, vindo em minha direção, parecendo uma ambulância com a sirene ligada, repetindo insistentemente o meu nome, mesmo depois de eu ter atendido. Era ela, a cobra da Ludmila.

Agora vê se eu não tenho razão? Piso *Flower* mais a cobra da Ludmila é igual a selva, meu bem, e salve-se quem puder do veneno daquela cobrinha.

Ela veio me esnobar contando como foram as suas férias encantadoras em um resort no nordeste. Eu já estava bocejando na parte em que ela contou que quase (que pena), quase se afogou na piscina do resort e um salva-vidas lindo e musculoso a salvou (novamente, que pena!). Não que eu seja má pessoa ou deseje o mal dela, mas que saco ter que escutar essa garota se gabando das suas aventuras de verão num resort paradisíaco, com o mar turquesa e com lindos salva-vidas à disposição. Não dá. Eu odeio essa garota. Vocês precisam ver o cabelo dela, parece cabelo de boneca, sabe? Tipo impermeável. Eu não faço ideia do que ela fez naqueles cabelos, mas ficou exatamente como cabelo de boneca! Todos os fios são absolutamente domados. Quem não sabe que cabelos de verdade não são assim? Mil vezes fala sério! Ela se acha maravilhosa, mas pra mim ela é a rainha da baixeza! Totalmente do mal!

Será que eu estou exagerando? Acho que não!

— ♥ —

MUITA PREGUIÇA!

Humor: já estive melhor.

OK! Sei que teoricamente eu deveria estar feliz, afinal, hoje estarei livre para fazer o que eu quiser e terei os meus pertences (celular, MP3, etc.) de volta. Mas, francamente, uma semana para refletir fez com que eu me sentisse ainda mais culpada do que aconteceu. Meu pai ainda está com aquela cara, sabe? Cara de quem comeu e não gostou nem um pouco. Ontem minha mãe me disse que ele está pensando em conversar com o Rogerinho sobre o nosso namoro. Imagina isso? Que mico! Eu disse para minha mãe que se ele fizer isso eu me mato de tanta vergonha.

Claro que eu não pretendo me matar, mas ela ficou apavorada e jurou que vai tentar persuadir meu pai dessa ideia absurda!

Vou tomar café e ver em que pé está essa história. Se ele não desistiu, eu terei que armar outra chantagem emocional ou um plano de fuga para Botswana, onde eu irei trabalhar para a ONU como voluntária. O único problema é que a língua falada lá é setswana e eu nem imagino como se fala isso. Mas não tenho escolha, se meu pai insistir nessa loucura, terei de tomar medidas drásticas.

— ♥ —

— ABRIL —

Viva o verde!

Minha mãe é incansável. Sério. Mesmo com o fracasso da horta, ela não se deu por vencida. Aliás, eu arrisco dizer que isso só a deixou ainda mais obstinada pela história da "vida verde e livre de tecnologia". Pesquisas na internet, livros e mais livros sobre o assunto se tornaram atrativos e pouco a pouco a rotina da nossa casa tem sido modificada por hábitos, admito, ecológicos e saudáveis.

Na mesma fonte de suas angústias, o computador, ela encontrou uma guru da ecologia! A mulher, que se chama Annie Leonard, era apenas uma dona de casa normal até que resolveu buscar a resposta para suas dúvidas viajando o mundo todo. Para onde vai tudo aquilo que descartamos? Ela passou dez anos procurando o segredo da produção, da escala e de como as empresas descartam tudo aquilo que nós consumimos e depois jogamos fora. Minha mãe ficou absolutamente chocada com as descobertas de Annie.

Vocês sabiam que 99% de tudo que é produzido pela cadeia industrial vira lixo em menos de seis meses? Eu também não sabia. Que 40% da água do mundo já está imprópria para o consumo humano? Que 80% das florestas naturais já foram derrubadas? Para cada lata de lixo que colocamos na rua, sete foram necessárias para produzir essa que estamos colocando para fora de casa. Cada um de nós produz mais de um quilo e meio de lixo por dia!

A tal Annie produziu um documentário chamado *The Story of Stuff*, que já foi exibido quase no mundo todo, em que ela explica tudo de ruim que estão fazendo com o planeta com o nosso aval. Mas segundo minha mãe, não somos os vilões da história. Somos apenas vítimas da manipulação em massa e passamos a trabalhar para custear nossos sonhos de consumo. O que na prática significa que somos escravos do dinheiro e do que ele pode nos dar.

Eu não entendi muito bem o conceito todo, mas sei que essas pesquisas estão deixando minha mãe zangada. E quando minha mãe fica assim... sai da frente!

Agora é oficial, somos uma família anticonsumismo que vive sob as influências do estilo de vida verde. Como eu disse antes, não entendi bem como isso vai funcionar. Até agora minha mãe mudou coisas básicas em nossas vidas, e posso dizer? Estou até gostando.

Todas as vezes que vamos ao supermercado, por exemplo, levamos nossas sacolas de pano ou o carrinho de feira. Assim não precisamos mais usar as sacolas de plástico fornecidas pelo estabelecimento. Minha mãe conseguiu convencer a síndica do nosso prédio a levar mais a sério a coleta seletiva do lixo. Agora temos a área de reciclagem em um espaço na garagem e todos devem separar o lixo antes de depositá-lo nos latões coletivos.

Temos na cozinha uma lixeira especial que amassa as garrafas pets e as latinhas de alumínio para diminuir o volume, antes de serem entregues para a reciclagem. Assim, mamãe só precisa passar para entregar o material e as latinhas duas vezes por mês, o que diminuiu também o nosso gasto de combustível e de dióxido de carbono emitido pelo carro. Dióxido de carbono? Eu também não sei bem o que é, mas mamãe jura que é muito prejudicial à saúde, e eu acredito. Então, abaixo o dióxido de carbono!

Estamos evitando lavar o carro para não gastar água, economizamos no tempo dos eletrodomésticos ligados e também não deixamos mais as luzes do apartamento acesas durante o dia, quando elas não são necessárias.

Mas como eu disse antes, mamãe tem uma forte tendência em exagerar sempre que levanta uma bandeira. Como toda militante, ela leva as coisas a ferro e fogo, o que é sempre um problema na nossa família. Outro dia mesmo, ela leu em algum lugar que se economizarmos e deixarmos de usar um único guardanapo de papel por dia, as indústrias deixarão de derrubar algumas centenas de árvores por semana. Daí pronto, minha mãe resolveu que cada um de nós terá direito apenas a meio guardanapo a cada refeição.

Contando que fazemos três refeições em casa diariamente, cada um de nós economizará um guardanapo e meio e nossa família unida salvará várias árvores.

Legal?! Legal foi a cara que o papai fez. Ele disse que aquilo já estava indo longe demais, que usaria quantos guardanapos quisesse. "Se eu aceitar isso, na próxima semana sua mãe resolve economizar uma das faces do papel higiênico! Francamente!".

Até aí, tudo bem. Sei que as intenções da mamãe são boas, mas o problema é que ela sempre erra na medida das coisas. Essas mudanças todas mexeram comigo também. Afinal, eu sou uma garota consciente e também quero um bom planeta para os meus filhos. Meus filhos? Eu disse isso?

Mas as coisas começaram a ficar ruins mesmo, pelo menos para mim, quando mamãe decidiu que usaríamos apenas roupas usadas e reaproveitadas da família. Para mim, restariam as dadas pelas minhas primas. Ah, não! Isso eu não poderia aguentar! Roupas de segunda mão? Sutiã e outras roupas usadas? De jeito nenhum! Como se não bastasse o fato de que minhas primas têm péssimo gosto, isso destruiria de forma irremediável o meu senso fashion e acabaria com a minha autoestima! Mamãe enlouqueceu, está sofrendo de algum tipo de insanidade temporária. Eu preciso conversar seriamente com o papai, alguém precisa dar um jeito nisso! Afinal, o que isso vai parecer?

Quando ela começar a ligar para as minhas tias e para a vovó e pedir para que elas repassem as roupas para nós, todos vão pensar que meu pai não consegue mais manter a nossa casa. A fofoca vai se estender pelo bairro todo e nossa família vai ser alvo de piadas por todos os lugares. Daí a história vai parar na Ludmila... E eu estarei perdida. Não faço ideia de como a história poderia ir tão longe, mas não vou arriscar! Ela tem que parar! Eu preciso de um plano. Na verdade, eu preciso de dois planos! Se o plano A falhar, o B deverá ser fulminante!

— ♥ —

Rogerinho estava sentado no sofá ao lado do meu pai quando eu cheguei. Estavam assistindo à uma partida de um clássico de futebol. Mamãe sempre diz que o futebol ajuda os homens a resolverem os seus problemas. E parece que dos homens da minha família mamãe entende mesmo. Tenho a impressão de que o episódio do elevador já foi esquecido e superado! Graças a todos os santos juntos, não terei que passar mais nenhum dia trancada no meu quarto por causa disso.

— ♥ —

– MAIO –

Coração despedaçado

Desde que comecei este diário, tentei manter meu relacionamento com o Rogerinho fora destas páginas. Por motivos óbvios, eu sei que minha mãe sempre que pode (que vacilo!) vem dar uma lida nas coisas que ando escrevendo. Senão, como ela poderia saber do meu descontentamento com a sua "onda verde"? O fato é que não acho legal relatar minhas intimidades (muito menos as do meu namorado) aqui. Mas, outro dia, meu pai me disse que a importância de um diário está em desabafar as coisas que possam nos fazer entender os momentos e nossos sentimentos. Ele disse que eu escreveria sobre coisas que nem sabia que sentia.

Na hora eu não entendi direito e confesso que me surpreendi com a experiência do meu pai sobre diários. Diário não deveria ser coisa de menina? Mas vou dar crédito ao fato de que meu pai é um dos caras mais espertos do mundo, pelo menos do mundo que conheço. Ele sabe um pouco sobre tudo. Não é uma pessoa viajada, mas lê muitos livros e está sempre disponível para conversar e aprender com as outras pessoas, isso é o que minha avó sempre diz.

Quando papai me disse aquela coisa toda de colocar os sentimentos no papel e descobrir mais sobre você mesmo do que imagina e tudo mais, juro que nem levei muito a sério, sabe. Como eu poderia descobrir mais coisas sobre mim que nem eu mesma imaginaria saber? Confuso, né? Mas é totalmente verdadeiro. Vocês vão descobrir o porquê...

Eu sempre soube que relacionamentos têm problemas, mas achava, de verdade, que a minha história com o Rogerinho poderia ser diferente. Afinal de contas, trata-se de duas pessoas muito jovens que sabem que um dia terão que seguir caminhos diferentes. Pelo menos é o que a mãe dele diz e eu acredito, pois quem é que está pensando em casamento aos 15 anos? O problema é que mesmo sabendo que estamos correndo para longe do altar a qualquer momento, existem dois corações envolvidos aqui. Deu para perceber? E esses corações têm necessidades, tipo, precisam de atenção, carinho, querem ir ao cinema juntos, querem ser grandes amigos, querem beijar na boca e principalmente querem ser felizes.

Na teoria parece tudo muito fácil, mas se engana quem pensa que na prática as coisas são tão simples assim.

Meu namorado é um garoto fofo, o mais fofo do mundo, eu poderia dizer. Sei que gosta de mim, independentemente das besteiras que falo ou da quantidade de pipoca que deixo para ele quando dividimos um pacote no cinema (ele sabe que eu amo pipoca!). Porém, às vezes a nossa diferença de idade incomoda. Eu ainda não completei 15 e o Rogerinho já está com quase 18 anos. E por mais que pareça uma diferença pequena, isso tem sido um divisor de águas importante em nossas vidas agora.

O que os meus 15 anos me permitem? Eu não posso trabalhar, preciso ir à escola todos os dias e pensar apenas em estudar, me divertir com as minhas amigas e namorar de forma leve, sem pensar em algum tipo de compromisso. Não tenho a liberdade de ir a nenhuma festa que passe das 23 horas. Dormir fora de casa, então? Nem pensar. Viajar, apenas se meus pais conhecerem todas as pessoas envolvidas na viagem. Meus papos (infantis), minhas amigas (de 15 anos), meus sonhos de consumo (gastar minha mesada com chaveiros engraçados), tudo o que faço, vivo ou respiro gira em torno dos meus 15 anos. E acho isso completamente natural, por que não seria? Do outro lado, tem o Rogério, quase 18 anos. A idade mais esperada do mundo, principalmente pelos meninos. Isso lhe permite: ter um carro, trabalhar, estar na faculdade, ter amigos de 18 anos, beber (um pouco), viajar (sozinho), namorar (comigo!), conversar sobre coisas de adultos, ter sonhos de consumo como os dos adultos.

Já entenderam aonde quero chegar? Tenho pensado muito nisso ultimamente e fico imaginando que ele pode se cansar de mim a qualquer momento. Afinal, agora ele está cercado de garotas lindas, inteligentes e interessantes. Talvez ele nem faça de propósito, mas isso pode acontecer, não pode?

Quando eu penso nisso, sinto uma coisa estranha no estômago. É como se eu tivesse comido uma barrinha de cereal inteira sem morder e tudo ficasse entalado dentro de mim. Será que eram essas as emoções que papai me disse que eu iria descobrir? Se forem, eu preferiria não ter aberto essa minha caixa de Pandora!

— ♥ —

Depois de liberar as minhas emoções e meus sentimentos no papel, a sensação da barrinha de cereal entalada na garganta desapareceu e no lugar uma fome gigante se instalou. Será que é isso que as pessoas chamam de ansiedade? Se for, preciso dizer que dá uma fome...

Então acessei um site de culinária na internet, peguei uma receita simples de mousse de chocolate e resolvi fazê-la. Minha mãe vive dizendo que eu não sei nem fritar um ovo. Isso não é verdade, o que acontece é que sempre que tento fazer uma receita alguém me liga, aí dividir o meu cérebro entre a receita e conversar com uma amiga é meio difícil. Foi por isso que o bolo de cenoura que tentei fazer outro dia ficou um pouco queimadinho. Só isso.

O bom é que a receita da mousse de chocolate parece infinitamente mais fácil do que fazer um bolo, então decidi tentar.

Receita de mousse de chocolate da Pandora
(Claro, a receita é minha agora)

- 1 barra de chocolate meio amargo
- 1 lata de creme de leite sem soro (o que é soro?)
- 6 claras de ovos em neve (essa eu já sei, é só bater apenas as claras até virar uma nuvem fofa).

Derreter a barra de chocolate. Como posso fazer isso? Já sei, vou usar o micro-ondas. Sempre vejo a Luzinete derretendo tudo no micro-ondas. Se serve para descongelar coisas, também pode derreter o chocolate.

Em uma panela, acrescente o chocolate derretido ao creme de leite e mexa bem até ficar uniforme. Até aqui está fácil.

Misture aos poucos as claras em neve (a nuvem macia de clara de ovos que eu havia batido antes). Fazer movimentos lentos para a mousse ficar aerada. Colocar pequenos pedaços de chocolate não derretido e misturar. Todo o processo deve levar no máximo vinte minutos. Tudo bem... Estou indo muito bem. Se ninguém me ligar agora (a Mel sempre liga nas horas mais erradas!), vai ficar tudo bem. Ninguém vai acreditar que eu consegui fazer uma mousse sozinha!

Tire do fogo e coloque em pequenas formas individuais. Leve ao refrigerador por três horas (Hum? Três horas? Tudo isso?) até ficar firme e depois pode servir! Adorei essa receita. Espero que fique deliciosa, porque o cheiro já está de enlouquecer... Ai, que fome!

Nunca pensei que uma mousse de chocolate poderia impressionar tantas pessoas ao mesmo tempo. Mamãe até ligou para a vovó para se gabar das minhas proezas na cozinha. Deixei de ser a garota que não sabe fritar um ovo e agora sou a doceira oficial da família.

Meu pai comeu duas tigelas! Quase não consegui salvar uma para o meu namorado, o que seria revoltante, porque ele é o único a quem eu realmente quero impressionar. Meu irmãozinho comeu até ficar com dor de barriga e eu fiquei feliz de ter finalmente entendido como se faz uma receita. Comecei até a sonhar com a universidade de gastronomia! Imaginem! Restaurante da PanDora! *Chef* Dora introduz ao mundo a sua perfeita mousse de chocolate! Não vai ser o máximo? Quer dizer, seria se eu não tivesse aquele péssimo habito de falar demais e estragar as receitas.

— ♥ —

A mousse de chocolate com uma plaquinha de reservado, com o nome do meu namorado, ficou na geladeira por três dias. Depois desse tempo, não consegui mais resistir à pressão do meu irmãozinho para comer a última tigelinha.

Rogerinho simplesmente não apareceu. Em três dias, ligou apenas duas vezes. Disse que estava muito ocupado, que a correria do curso e as coisas estavam ficando fora de controle e que ele precisava passar mais tempo fazendo as tarefas do que os professores exigiam. Paralelo a isso, eu soube que ele havia se encontrado com aquela garota da turma dele para fazer alguns trabalhos da faculdade. Eu já comentei como isso me incomoda profundamente. Acho que o nome disso é ciúme, e para quem nunca sentiu, vou apenas advertir que é horrível!

Fiquei um pouco triste, mas tive que entender. Além disso, ele prometeu que me compensaria no final de semana. Veremos.

A Mel, que também tem namorado, disse para eu não ficar triste, que os homens são assim mesmo. Sempre colocam em primeiro plano os seus interesses pessoais. Mas o que ela entende disso? Afinal, ela está, assim como eu, namorando pela primeira vez. Quando perguntei isso, ela me disse que pode até não entender muito sobre os homens, mas que a mãe dela entende e vive dando conselho às amigas sobre isso. Mas peraí... A mãe da Mel já se casou cinco vezes e todos os casamentos dela duraram menos de um ano. Então o que ela entende de fato sobre os homens? Aí... Quer saber? Deixa pra lá... Eu só gostaria que esse mês acabasse depressa, pois toda essa aflição sobre relacionamentos está deixando o meu pobre coração despedaçado.

– ♥ –

– JUNHO –

Eu amo o Danny do McFly

Desde que minha revista favorita chegou pelo correio, ainda não tive tempo de lê-la. Folheei e percebi que ela veio recheada de matérias com a minha banda favorita, o McFly.

Vocês nem sabem o quanto eu amo o Danny. Ele é o cara mais lindo do momento. Quer dizer, ele e o Justin. Mas ainda amo mais o Danny. E as músicas dos caras do McFly são incríveis. Olha, meu pai que não me ouça, mas eu seria capaz de encarar um ano de castigo para dar um beijo de 15 minutos na boca do Danny. Você não acredita? Juro. Espera só eles virem fazer um show na minha cidade!

Nossa, a matéria com eles está irada! Eles são maravilhosos, além de cantarem muito, serem lindos e fazerem sucesso no mundo todo, eles ainda têm tempo para fazer projetos sociais. Uau! Eles se preocupam com os animais e com a ecologia. Aliás, essa onda ecológica e socialmente correta de lidar com a natureza e com o lixo de forma responsável tem todo o meu apoio. Eu mesma já fiz algumas coisas para ajudar. Não foi nada assim no nível do McFly, mas eu, Dora, criei o sistema de coleta seletiva do lixo do condomínio.

Foi mais ou menos assim: nós tivemos lá na escola uma palestra com uma coordenadora de um projeto social que ajuda os catadores de lixo, aquelas pessoas que andam nas ruas recolhendo latinhas de refrigerante e caixas de papelão velho para vender. Daí ela nos disse que nós poderíamos ajudar essas pessoas a terem uma renda maior. Nós precisávamos apenas convencer os nossos pais, vizinhos e amigos, a fazerem a seleção do lixo antes de o jogarem fora. Ah, e reunir coisas velhas como jornais, revistas, roupas sem condições de uso, sapatos, chinelos velhos, enfim, tudo que viraria lixo, mas que se jogado na natureza demoraria décadas para se decompor. Então bastava juntar tudo isso, ligar para a associação que ela representava, que em um dia ou dois passaria um catador para recolher. É só isso? Moleza! Na atual fase "verde" da minha mãe, ela não apenas vai ficar feliz se eu revolver ajudar, como ainda vai querer participar.

Vocês acreditam que isso pode render o suficiente para sustentar uma família inteirinha? Pois pode.

Daí, eu resolvi colocar a mão na massa, como diz a minha avó. Fiz um panfleto (com papel reciclado) e distribuí entre todos os moradores dos três prédios que compõem o condomínio onde eu moro. O síndico adorou a ideia. Ele pegou o contato da coordenadora, comprou os cestos de coleta seletiva e todos começaram a separar seus resíduos de lixo. Foi ótimo! Mamãe ficou tão orgulhosa. Está vendo? Eu não preciso manter uma horta ou usar as roupas usadas das minhas primas para ajudar o meio ambiente ou o próximo.

Será que o Danny vai ficar orgulhoso de mim também, no dia em que eu lhe contar?

– ♥ –

– JULHO –

Enfim, férias!

Se querem a minha opinião, acho as férias de julho muito curtas. Quando começamos a curti-las de verdade, já estão no fim. As deste ano passaram mais rápido ainda, e já acabaram. Hoje acordei em casa, na minha cama, enrolada nos meus lençóis e agarrada ao meu travesseiro. Pode não parecer, pela minha empolgação durante as férias, mas eu senti muita falta de casa e das minhas coisas.

Passei o verão na casa dos meus avós, como de costume, mas no finalzinho meu pai concordou com que eu passasse uma semana na casa de praia da família do Rogerinho. Ele é meu ficante ou namorado quase oficial. O quase fica por conta do meu pai, que se descobrir que eu tenho um namorado, com certeza vai pirar.

Vocês nem podem imaginar como foi a batalha da minha mãe para convencê-lo de que a Dona Esnobe (a mãe do Rô) iria cuidar bem de mim e não desgrudaria o olho de nós nem por um instante. E não mesmo! A mulher parecia um cachorro perdigueiro, com o focinho enfiado em toda e qualquer suspeita de que eu e o Rogerinho estivéssemos sozinhos em algum cômodo da casa. Um inferno! Mesmo assim, minha mãe suou para convencer meu pai de que poderia me deixar ir sem problemas. E depois de muita insistência, ele deixou.

Mesmo com toda a dificuldade para conseguir passar alguns instantes românticos com ele sem a interferência de terceiros, a última semana foi uma delícia.

Eu recebi das mãos do próprio Rogerinho o meu diploma de surfista! Eu consegui, estou surfando muito bem, segundo ele. Bom, não sei até que ponto pode-se confiar na palavra dele, afinal ele fazia essa afirmação entre um beijo e outro. Tal qual um cachorrinho recebendo um biscoito depois de se comportar conforme a vontade do dono.

Tudo estava perfeito, mas como uma hora teria que acabar, ontem à tarde arrumei minhas malas e no início da noite minha lua de mel acabou com os pais dele me deixando em casa.

E agora é hora de voltar ao mundo real.

— ♥ —

A galera está na maior correria, segunda-feira recomeçam as aulas. E com o novo recomeço vem aquela loucura. Falta de tempo para ver os amigos, passeios somente no fim de semana e meus pais pegando absurdamente no meu pé para que eu tire boas notas.

Para mim esse próximo semestre vem com uma ótima novidade. É muito boa, mas dá um friozinho na barriga só de pensar. Vai ser a minha estreia como radialista da rádio do grêmio. Para falar a verdade, desde que essa rádio existe, poucas pessoas tiveram esse prazer, mas nunca pensei que eu realmente tivesse vocação e muito menos chance de conseguir esse cargo.

A Ludmila, por exemplo, é uma das garotas que vivem puxando o saco do Kiko, presidente do grêmio, para conseguir essa vaga. Ela ficou muito zangada com ele quando ele anunciou que eu havia sido escolhida para substituir a última radialista.

Vocês precisavam ver a cara da Ludmila, eu queria muito ter filmado suas feições no momento em que ela soube. Sabe aquela cara de quem está com prisão de ventre há dias? Pois é, a cara dela era uma mistura disso com um sorriso amarelo estampado do rosto e vontade de chorar.

Mas para falar a verdade, fiquei com pena dela. Eu sei que vocês devem estar achando que eu fiquei maluca, afinal estamos falando da Ludmila, mas eu sei como é triste lutar por algo (mesmo que seja de maneira errada e desleal) e não conseguir. É difícil deixar um sonho escapar. Mas no ano que vem o Kiko deverá escolher uma nova radialista, e quem sabe ele não chama a Ludmila, só para tirá-la do pé dele?

– ♥ –

Contagem regressiva, as aulas começam em aproximadamente 48 horas.

— AGOSTO —

Volta às aulas chuvosa

EU ESTOU HISTÉRICA!

Humor: repito, eu estou histérica!

O Rogerinho acaba de desligar o telefone na minha cara! Que menino mais abusado e sem educação. O que ele está pensando que eu sou? A namorada dele? Bem, talvez eu seja, mas isso não lhe dá o direito de desligar o telefone na minha cara.

Todo esse estresse por causa da minha recusa em vê-lo hoje. Os garotos são sempre assim, nunca entendem as necessidades de uma garota.

Ele anda ocupadíssimo para mim desde que começaram as aulas do curso dele. E todas as vezes que ele pode, quer me ver independentemente da minha disponibilidade. Daí, quando eu digo que estou me preparando para a minha estreia na rádio, que, aliás, será amanhã, ele fica maluco e grita comigo!

Será que ele não entende que estou com diarreia há três dias e que esse evento é tudo na minha vida? Será que ele não vê que esse é o pontapé inicial na minha carreira? Será que ele nunca ouviu dizer que uma garota precisa de um tempo para si mesma de vez em quando? Que eu preciso crescer e ser independente antes de pensar em priorizar um namorado ou um relacionamento?

Homens! Todos iguais. Nunca estão disponíveis ou são compreensivos na hora certa. Estão sempre cinco minutos adiantados, ou três dias atrasados, quando nós precisamos deles (minha mãe sempre diz isso, e acho que ela está certa).

Agora estou aqui, louca da vida por não conseguir mais relaxar, nem me concentrar no programa de amanhã.

E eu ainda precisava fazer uma máscara facial relaxante e alguns gargarejos antes de dormir. Sei que ninguém vai ver meu rosto, pois é um programa de rádio amador e não um programa de TV no canal aberto, mas eu preciso me cuidar. Eu li isso em uma revista. A matéria dizia que algumas cantoras fazem essas coisas um dia antes do show e parece que funciona mesmo.

Mas agora estou tão triste com a reação do Rogerinho que nem sei mais se estou a fim de fazer alguma coisa. Acho que vou ler um pouco e dormir.

— ♥ —

NO GRÊMIO DA ESCOLA

Pronto! O meu primeiro programa na rádio do grêmio acabou! Foram os dez minutos mais longos da minha vida! Estou suando e muito nervosa. Teremos uma reunião após a aula para analisar o meu desempenho no primeiro programa. Ai, que medo! E lá vou eu para o banheiro novamente.

13:40 – A reunião acabou agora há pouco. O Kiko achou que minha voz estava um pouco trêmula, mas o que ele esperava? Eu estava falando para mais de mil alunos na hora do intervalo, enquanto eles se digladiavam na cantina em busca de uma coxinha e uma lata de refrigerante. É difícil imaginar que você está dando tudo de si para segurar a atenção dos seus colegas de escola com notícias importantíssimas como o calendário de eventos do ano letivo, enquanto eles estão lutando por comida como uns aborígines esfomeados.

A Mel, a Rafa e a Pri disseram que mal dava para ouvir a minha voz, pois os garotos do nono ano estavam fazendo a maior zona em frente ao alto-falante que fica ao lado da cantina. Apenas quem estava perto da quadra ou dos corredores da administração realmente conseguiu ouvir os comunicados e a música que eu coloquei (*Anything*, da Kelly Clarkson) para finalizar o programa. E ainda houve quem criticasse a escolha da canção também, dizendo que se tratava de uma música muito romântica, e que eu deveria estar apaixonada, entre outras coisas. Eu realmente sou uma alma incompreendida, viu?!

Como o Kiko acha que eu poderia ter me saído com essa pressão toda? É impossível fazer um bom trabalho com um público tão exigente em apenas dez minutos de programa e uma pauta tão limitada e desinteressante (para dizer o mínimo).

Poxa! Que fiasco. E eu ainda estou pensando na briga com o Rogerinho. Quero só ver se ele vai me ligar hoje.

— ♥ —

NO MESMO DIA...

Humor: ansiosa. Essa é a palavra.

Devo confessar que o fim de semana foi muito tranquilo. Tão tranquilo que estou em pânico. Já estou começando a me preocupar de verdade com a briga que tive com o Rogério dias atrás. Ele não me liga, nem retorna as minhas ligações, que a essa altura já totalizam 3.532 tentativas, ou quase isso. Mas sempre que atende ao telefone na casa dele, adivinha de quem é a voz do outro lado da linha? Isso mesmo, eu acho que você acertou em cheio, a Dona Esnobe. Não sei se é impressão minha, mas sinto que ela me odeia.

Tipo coisa de sogra, sabe? Sempre achei que esse tipo de afirmação fosse coisa de garotas loucas, que querem casar aos 18 anos e viverem felizes para sempre com o cara que escolheram. E o fato de não conseguirem o apoio da família, por motivos tão óbvios que nem preciso comentar, fizesse com que elas saíssem por aí falando mal das sogras e sogros, e até da família inteira do cara. Mas meu caso é diferente, sempre deixo claro que nosso namorico, ou melhor, nossos momentos de pegação, não iriam render nem mesmo um namoro duradouro, pois somos muito jovens e temos muitas coisas para fazer antes de pensarmos em alguém para a vida toda. Então qual é o problema dela comigo? Será que ainda não me perdoou por causa daquela história das mordidas que eu dava nele quando éramos crianças demais para usarmos outro tipo de comunicação mais eficiente que a agressividade? Sei que aquilo a deixava louca, mas era coisa de criança, poxa. Será que ela ainda não entendeu isso?

Bem, acho que agora aquela bruxa pode ficar feliz! Depois da briga que tivemos, acho que ele não vai mais me procurar e nem atender aos meus telefonemas, responder meus e-mails, cartas desesperadas, nem qualquer outro meio que eu encontre para tentar me comunicar e mostrar toda a minha angústia e aflição.

Afff! Eu estou realmente aflita!

— ♥ —

AINDA NA ESPERA

Humor: pacífico. Hoje não mordi ninguém.

Você já teve a sensação de que a vida está congelada e que, por algum motivo, por mais que você se esforce não consegue fazer com que ela se mova nem um grau, nem para a direita, muito menos para a esquerda?

Estou me sentindo assim hoje. O Rogerinho não ligou e eu estou com medo de que ele não ligue mais. Não que eu ache que ele é o amor da minha vida, mas, para ser sincera, eu sinto que somos muito compatíveis, entende? Gostamos das mesmas coisas, tipo, lemos toda a série do Harry Potter e adoramos. Assistimos aos filmes no cinema e depois opinamos sobre eles sem brigar, mesmo que tivéssemos opiniões totalmente opostas sobre o tema. Ele me ensina tudo sobre os esportes que adora e eu finjo aprender, apenas para não decepcioná-lo. E ele finge que se interessa pelas histórias de como eu procurei um sapato por toda a cidade, só porque comprei uma bolsa nova que merecia um par de sapatos digno para combinar. E ele ouve esses relatos com uma carinha tão interessada que eu nem percebo que estou sendo fútil.

É, realmente formamos um belo par. Sinto falta dele. Mas também não vou ficar me humilhando e ligando para a casa dele a cada hora tentando encontrá-lo.

No último fim de semana, eu liguei tantas vezes que já me sentia uma psicopata. Ligava em intervalos de no máximo trinta minutos e já estava achando que a Dona Esnobe iria chamar a polícia para interceptar as minhas ligações se eu não parasse de ligar.

Por volta das 22 horas eu parei. Não sei se parei por ter consciência do ridículo ou se de exaustão, mas o fato é que parei.

— ♥ —

TARDE DA NOITE

Sem sono!

Humor: normal para uma pessoa sem sono.

Preciso contar que essa semana o programa tem sido um sucesso. A Pri e a Mel me disseram que eu arrasei hoje. A Rafa não concordou muito, mas disse que a escolha das músicas foi perfeita. Estou cada vez melhor.

Acho que a opinião da maioria dos estudantes lá do colégio deve ser a mesma, pois até agora eu não levei nenhum ovo ou tomate na cara na saída do estúdio. Segundo o Kiko, isso é um bom sinal.

Há três anos, um radialista iniciante, como eu, demorou um pouco mais para se adequar. Certa manhã, ao terminar a transmissão, ele saiu do estúdio e encontrou uma multidão de alunos enfurecidos, que atiravam restos de sanduíches e bolas de papel amassado em cima dele. O motivo da fúria coletiva? O cara insistia em colocar músicas *trash*, retrô dos anos 70, no final do seu programa, tipo *Macho Man*! Daí o motivo também de 99% dos envolvidos no protesto serem meninos. As meninas, bem-humoradas e iluminadas (como nós somos!), não aderiam ao protesto. E até gostavam.

Deus me ajude! Espero não passar por isso!

— ♥ —

OUTRO MICO DA DORA!

Humor: constrangida!

Tem certas coisas que eu simplesmente odeio fazer. Lá pelas 10 horas, minha mãe me convidou, ou melhor, me forçou a ir com ela ao supermercado. Eu odeio ir ao supermercado! Odeio mais ainda ir com a minha mãe. Só existe uma coisa pior do que ir com ela: ir ao supermercado com meu pai.

Mas depois da intimação, sem direito à argumentação contrária, tive que ir. Meu pai levou o meu irmão para um concurso de carrinhos de rolimã, ou algo assim. O pirralho estava eufórico com essa competição havia semanas. Daí minha mãe não quis estragar a festa deles e resolveu estragar a minha.

Passamos umas quatro horas dentro de um supermercado enorme, andando quilômetros entre as gôndolas e empurrando um carrinho pesado, cuja roda insistia em emperrar a cada 5 metros, uma tortura. Lá pelas tantas, eu já não aguentava mais, estava sentindo uma dor incômoda que lembrava vagamente cólica menstrual. Não dei muita bola e continuei insistindo para que minha mãe terminasse logo as compras para podermos ir embora.

Mas o destino me pregou outro vexame!

Fiquei gelada quando uma senhora idosa se aproximou de mim e com muita gentileza me disse: acho que você deveria ir ao banheiro.

Banheiro? Mas eu não estou apertada nem nada, pensei sozinha. Ainda bem que só pensei e não disse nada.

Minha mãe imediatamente olhou para a minha calça e lá estava o motivo da preocupação da gentil senhora. Uma mancha de sangue enorme na minha calça de tactel, superfina.

Tudo bem, não fui a primeira garota a passar por uma situação como essa e nem serei a última. Porém, a situação é muito chata. Se aquela senhora se propôs a me contar o que estava havendo, quantas pessoas no supermercado não devem ter visto também? Fiquei arrasada. Mas foi bom, pois finalmente minha mãe encerrou a maratona de compras e pudemos voltar para casa.

Por que será que sempre que assistimos a uma propaganda de absorventes íntimos vemos mulheres fazendo coisas legais, vestindo roupas brancas, e até indo à praia, sempre felizes e com um sorriso enorme no rosto, mas quando nos lembramos de nós mesmas menstruadas, recordamos de situações vergonhosas, do desconforto e de programas cancelados por causa da cólica ou do excesso de fluxo? Por quê???

– ♥ –

FIM DO NAMORO

Acabou oficialmente!

Humor: péssimo! Não consigo parar de chorar!

Vou tentar parar de chorar para contar o que está me deixando louca.

Respirando fundo, engatando a primeira marcha e vamos lá!

Eu preciso mesmo desabafar, quem sabe assim eu paro de chorar definitivamente ou me jogo na frente de um caminhão de refrigerante.

Depois de todo o drama e da espera por notícias, finalmente ele ligou. Foi ontem à noite, quando eu estava me preparando para dormir. Eu já estava de pijama e não tinha mais esperanças de que ele ligasse. Nem ontem, nem nunca mais. Mas como sempre, Rogerinho me surpreendeu com seu bom caráter. Gente, ele é tão bom caráter que chega a dar raiva, sabe? Ele adora fazer tudo certinho e mostrar que faz tudo certinho. Enquanto isso, parece que ele deixa claro nas entrelinhas que eu sou uma destrambelhada, uma doida varrida. Que saco isso!

Bem, ele ligou e, quando minha mãe veio me chamar para eu atender o telefone, confesso que meu coração disparou. Por alguns segundos, iludida, eu esperava por um pedido de desculpas.

A empolgação durou muito pouco. Infelizmente, assim que Rogerinho disse "alô", eu entendi que a conversa não seria das melhores, pelo menos não para mim. A voz dele era desanimada, talvez até triste. Não posso garantir que ele estava triste de verdade, porque quando se trata dos homens, nunca se sabe.

Ele tratou logo de ir ao ponto, sem rodeios. Disse que a briga que tivemos o fez refletir sobre o que estamos vivendo. Disse que precisa se concentrar nos estudos e todas aquelas baboseiras que uma pessoa diz quando está a fim de terminar com a outra sem magoá-la, deixando subentendido que a culpa não é de ninguém, apenas do destino, que as uniu em um momento inadequado.

Eu fiquei com tanta raiva... Quase perguntei a ele se por acaso ele realmente achava que eu queria casar com ele. Eu pensei que tivesse deixado bem claras as minhas intenções. Eu estava curtindo a companhia dele e tal, mas era só isso. Tenho plena consciência dos meus quase 15 anos e da minha brilhante carreira de radialista do grêmio. Com tantas responsabilidades e fama, eu sei que não conseguirei dar conta de tudo isso e ainda mais de um namoro sério! Helloooo! Fala sério!

E ainda tive que engolir um fora desses! Ninguém merece!

Ai!!! Eu preciso chorar mais!

– ♥ –

— SETEMBRO —

Domingo é dia de missa

Cara, tô rindo litros... É que hoje é domingo, e aqui em casa domingo é dia de missa. Isso mesmo, Dora, a maluquinha, tem que ir à missa todos os domingos, senão o bicho pega. Meus pais não são os mais religiosos e devotos do mundo, mas eles fazem questão de que tenhamos uma iniciação, por assim dizer, para que percebamos a importância de ter fé em algo e tudo mais.

Até aí, tudo bem, mas o problema é que eles às vezes exageram. Eu passei dois anos da minha vida indo para a igreja todos os sábados para ter aula de catequese. Aquela aula em que um professor, que normalmente é aprendiz de padre, leciona os ensinamentos da Bíblia, etc. Era um porre! Vocês conseguem imaginar quantas festas animadíssimas e quantas idas ao cinema com a galera eu perdi por causa disso? Parece que o padre faz de propósito. Ele sabe que sábado à tarde é o momento da galera se encontrar, falar de futilidades e coisas profanas, tipo o batom cor de rubi que acabaram de lançar e que eu estou louca para comprar.

Isso, claro, nos leva a pensamentos pecaminosos, tais como o beijo que eu darei no Rogerinho usando o tal batom. É, com certeza o padre adivinha esses pensamentos e, para nos livrar antecipadamente do pecado, que teoricamente seria cometido nas tardes de sábado, ele marca as aulas de catequese justamente para esse horário.

Mas isso realmente não vem ao caso agora. Não é por causa disso que estou rindo.

Na verdade, me diverti muito na missa hoje, porém, definitivamente não foi com o sonolento sermão!

(Parada para gargalhadas!)

É que o padre da nossa paróquia anda muito feliz com o novo coroinha, que por acaso é meu IRMÃO. Isso mesmo, o pestinha, ops, desculpe, porque chamar o próprio irmão de pestinha deve ser um pecado terrível, digno de queimar no fogo do inferno. Bem, o fedelho (assim está melhor?), há mais ou menos dois meses, se tornou o garoto que passa a sacola com o pedido de doações (que não era obrigatória, nem tinha valor pré-estabelecido, até o meu irmão assumir o cargo). Ele desenvolveu um método brilhante de constrangimento e intimidação dos fiéis, e funciona assim: ele chega todo sorridente ao lado de um fiel que está assistindo à missa e coloca a sacola bem na frente da pessoa. Normalmente, elas já estão preparadas para dar algumas moedas, mas meu irmão cismou que isso não é suficiente. Claro que não. Segundo ele, cada pessoa deve doar pelo menos uma nota de cinco ou de dez reais, afinal, a mesada dele é de vinte por semana e mal dura até quinta-feira. Então, como poderia um padre sobreviver com aquelas migalhas de moedas?

Como eu já disse antes, meu irmão é um gênio! Eu não sei a quem ele puxou (a mim com certeza não foi!). Ninguém na família tem o raciocínio tão rápido assim, muito menos tanta cara de pau. E ele só tem 6 anos!

Enfim, enquanto o cidadão sentado à sua frente no banco da igreja não deposita o valor que ele acha justo na sacola de doações, ele não prossegue na coleta e seu sorriso vai se fechando, até que seu rosto fique absolutamente sério e o olhar, fixo no cidadão. Daí todos que já conhecem o seu método percebem o que está acontecendo, ou seja, que a pessoa está sendo pão-dura. Constrangidos com o olhar penetrante e questionador de um garotinho, as pessoas acabam colaborando com uma quantia maior. E ele pode passar para o próximo.

Outro dia, ele chegou a dizer a uma senhora, que vai à igreja todos os dias, tem um carrão (segundo ele) e veste-se de maneira muito elegante (também segundo ele), que ela não poderia ser tão mesquinha com a igreja, porque Deus esperava mais dela. Acredita?! A mulher ficou até vermelha e depois disso começou a trazer uma nota de cinco reais para colocar na sacola. Ele ainda acha que é pouco, mas resolveu que é melhor ela dar cinco do que algumas moedas quase sem valor, e acabou se conformando.

Gente, esse menino vai fazer carreira! Se ele continuar assim, vai acabar sendo um desses caras que captam dinheiro para obras de caridade.

Por outro lado, ele também dá bom exemplo. Todos os domingos, antes de sair para missa, ele pede ao meu pai uma nota de dez reais e diz que é a contribuição da família, a qual ele coloca na sacola, na frente de todos, antes de iniciar a coleta.

O padre está tão feliz com a generosidade dos fiéis, que prometeu que a festa junina da paróquia vai ser um arraso este ano!

Meu irmão é um herói!

— ♥ —

— OUTUBRO —

De volta à vida!

Preciso de um plano! Será que alguém pode me ajudar? Alguém tem um plano? Estou cansada de chorar! Então parei. Já se passaram dois meses que Rogerinho e eu terminamos e algumas coisas aconteceram desde então. Algumas me deixaram muito triste, para falar a verdade. Tipo, a Ludmila deixou escapar, quase sem querer, que o Rogerinho estava ficando com uma garota de 20 anos, lá da faculdade dele. Eu quase morri quando escutei isso. Meu coração parou, fiquei sem fôlego e precisei ser amparada pela Priscila. Tudo exatamente como a Ludmila gostaria que fosse! Por que ela precisa ser tão má comigo? Essa garota é meu carma! Mas no fundo foi bom, pois agora tudo o que eu quero é sair dessa fossa e me divertir. Então preciso de um plano para convencer meu pai a me deixar ir à festa da Aline, e preciso também de uma roupa nova!

Quero uma roupa bem legal para ir à festa da Aline amanhã. É o aniversário dela, e será em uma boate badalada, que eu ainda não conheço – só pra variar, porque eu não conheço quase nenhuma boate. Estou tão preocupada, não faço ideia do que usar. A Rafaela já foi lá algumas vezes e disse para eu não me preocupar, que essa história de ir muito arrumada à boate é cafonice. Isso para ela, né, que tem várias roupas bacanas etc. Mas para mim, essa festa é o evento do ano! Um acontecimento. Preciso ir vestida para arrasar, ou pelo menos para deixar a Ludmila com uma invejinha.

— ♥ —

NA FESTA

Ao entrar pela porta da boate, eu tive um pressentimento, algo que a gente sente, que é muito forte e não dá para explicar, tipo uma intuição. Mas eu sabia, assim que coloquei os pés na porta, que algo especial iria acontecer naquela noite e mudaria a minha vida. Sem exageros. E foi assim mesmo.

Lá dentro, havia um clima extasiante. Enquanto a música rolava numa altura que fazia meus tímpanos implorarem por uma trégua, uma névoa de fumaça subia ao ritmo frenético das batidas. Meu coração parecia pulsar no mesmo ritmo, nunca tinha sentido isso antes. Fui completamente tomada por uma sensação de euforia que durou a noite toda. Meu corpo parecia possuído ou algo assim. Em alguns momentos, eu achei que aquilo era muito doido para ser real. Mas era.

Quase chorei ao me lembrar que minha mãe não estava a fim de me deixar ir. Tive que implorar, jurar que me comportaria, prometer mil coisas que duvido que consiga cumprir, enfim, um verdadeiro drama. Mas acabei convencendo-a a me deixar curtir a vida. Me preparei com cuidado para uma noite fantástica. Minha primeira vez em uma boate, óbvio que isso era especial. Como não seria?

Enquanto eu me divertia com minhas amigas no meio da pista, aprendendo novos passos e alucinando de tanta felicidade, nem fazia ideia de que o melhor ainda estava por vir. Mil coisas, muita música, a galera rindo e pulando, muito legal. Eu estava nas nuvens.

Até que a multidão se abriu para uma figura simplesmente linda entrar pelo salão com ar de superioridade digna de um príncipe. Ele é um príncipe.

Eu sei, eu sei que vocês vão dizer ou pensar que eu estou com síndrome de princesa, sonhando com um príncipe que venha me salvar da bruxa malvada, ou da Ludmila, sei lá. Mas quero deixar claro aqui que não se trata da Dora, a borralheira, e sim do cara mais lindo que eu já vi na vida, e, assim sendo, não posso dizer que ele seja algo menos do que um príncipe. Seria muita injustiça da minha parte.

Quando os meus olhos cruzaram com os dele, estava tocando uma música com uma batida forte e todos dançavam com os olhos fechados, praticamente sem notar a presença de outras pessoas no local. Todos pareciam estar hipnotizados pelo som que pulsava nas caixas acústicas.

Menos eu, eu não conseguia ouvir nada, estava com meus olhos pregados nele, não conseguiam desviar do rosto dele, e para falar a verdade eu não saberia dizer ao certo que música era aquela, eu nem mesmo a estava ouvindo. Não conseguia me distrair com nada desde o momento em que ele entrou no meio da multidão.

Em algum momento do meu transe, o Macarrão, um garoto muito legal e muito bagunceiro com quem a Pri estava ficando, bateu no meu braço e disse algo incompreensível devido ao barulho. Logo depois ele saiu e foi em direção àquele anjo que acabara de tocar o chão da pista de dança.

– Não! – eu gritei, quase furiosa. Olhei para a Priscila, que não estava entendendo nada, e sem conseguir explicar apenas perguntei o que o Macarrão havia ido fazer junto ao cara mais maravilhoso que meus olhos já tinham visto.

A Pri também não sabia, mas ficou feliz que eu tivesse encontrado um possível substituto para o Rogerinho.

Quando o Macarrão voltou, eu tratei logo de interrogá-lo. Queria saber tudo sobre aquele cara. O que fazia? De quem era amigo? Ele tem namorada? Enfim, tudo, ou pelo menos alguma pista que pudesse indicar se eu iria vê-lo de novo.

Mas o Macarrão disse tudo que sabia. O nome dele é Cadu, ou melhor, Carlos Eduardo. Ele estuda na turma do Macarrão e joga vôlei no time oficial do colégio. Colégio? Que colégio? Não pode ser o meu colégio. Como eu poderia deixar passar um gato daqueles? Como eu não repararia nesse cara? Impossível. Definitivamente ele não estuda no mesmo colégio que eu.

A Pri então me disse que ele é novo por lá, veio transferido de outra escola no início das aulas e que eu ainda não havia tido tempo de percebê-lo. Imediatamente, pensei que meu turno na rádio devia estar acabando comigo. Como eu posso estar tão atarefada a ponto de nem perceber uma figura marcante como ele jogando vôlei na quadra em frente à minha sala de aula? Acho que preciso ir ao oculista. Vou pedir para minha mãe marcar uma consulta urgente.

Enquanto eu tentava recuperar o ar e me recompor, o Macarrão sumiu de novo. Dessa vez, nem ele nem o Cadu estavam ao alcance dos meus olhos. Mas não demorou muito para eu entender o que estava acontecendo.

Priscila, a doida, mandou o Mateus ir atrás do Cadu e contar para ele das minhas impressões. Eu quase morri de vergonha quando vi que ambos se aproximavam de mim. Eu entrei em pânico total. Eu não sabia o que fazer. Meu rosto começou a queimar e senti que estava vermelha só pelo jeito como o calor foi subindo pescoço acima. Ai, que mico! Que vergonha! Eu preciso sair daqui, pensei. Olhei em volta à procura de uma porta, uma saída de emergência, a porta do banheiro feminino, qualquer lugar onde eu pudesse me esconder. Mas a única coisa que achei foi a Mel com o namorado, que é a cara do príncipe Harry, do outro lado da pista.

Tomada por uma crise de timidez e sem refletir sobre o tamanho do meu mico, me lancei para junto da Mel. Foi tudo tão rápido que eu acho que atravessei uma multidão de garotas histéricas em menos de um minuto.

Olhei para a Mel com uma cara engraçada, segundo ela, e pedi desesperadamente por ajuda. Não consegui olhar para trás para ver o que acontecia nas minhas costas. Mas a brincadeira de gato e rato continuou por mais uns quarenta minutos, quando eu finalmente resolvi relaxar e curtir a festa. Estava convencida de que ele tinha garotas mais interessantes para perseguir e que já havia me esquecido.

Engano meu!

Eu estava junto ao bar, dançando ao som de uma das minhas músicas prediletas (*No Good for me*, do The Corrs), quando uma voz veio ao encontro da melodia que entrava pelos meus ouvidos. Eu estava completamente envolvida pela canção. A voz era tão linda quanto o dono dela. E disse assim: por que você fugiu? Eu não mordo. Pelo menos, não mordo com força!

Ai, meu Deus! Ai, todos os meus santinhos juntos! Não pode ser, pensei, não pode ser! Me apaixonei. Estou completamente apaixonada. Acho que isso é o que chamam de amor à primeira vista. Só pode ser. Desde o primeiro segundo que coloquei os olhos nele eu já sabia... Eu tinha certeza... de que ele seria o meu primeiro amor.

E como é bom! É uma delícia isso que estou sentindo. É incrível e estranho ao mesmo tempo. Dá um calafrio percorrendo o corpo. Uma vontade louca de sair gritando, dançando e mostrando como estou feliz. FELIZ! É isso. É um estado de felicidade que não dá para explicar. Feliz por quê? Sei lá! Mas eu estava muito feliz.

Nunca senti algo assim, parece que tem milhares de borboletas voando no meu estômago. É ruim... Mas é bom... É muito bom.

O resto da noite, você pode imaginar, foi lindo. Dançamos, nos beijamos, conversamos, rimos, dançamos mais, e mais, e mais.

Quando acabou, eu fiquei triste. Não sabia ao certo o que iria acontecer depois. Quais seriam os próximos capítulos da minha história de amor. Na verdade, ainda não sei. E esse fato não me deixou dormir. Passei a madrugada toda virando de um lado para o outro da cama sem conseguir parar de pensar nele e reprisando em câmera lenta cada momento, cada lance da noite anterior.

— ♥ —

— NOVEMBRO —

Paixonite e outras surpresas

BATEU A PAIXONITE!

Gente, preciso confessar uma coisa: eu estou apaixonada. Quer dizer, gostando um pouquinho de um carinha aí! Não estou assim meeeega-apaixonada, nem nada, sabe? Só curtindo, ou melhor, querendo curtir... Tá bom, tá bom... Já que é pra confessar, é melhor eu dizer logo tudo. A verdade é que estou babando pelo Cadu. É, o Cadu do segundo ano do ensino médio. Aquele mesmo, o lindo, o maravilhoso, o gostoso, o poderoso, o arrasa quarteirão... O mais... O tal... O... Não disse? Tragam a minha camisa de força! Pandora, a louca, está à beira de uma crise nervosa e caindo de amores por um menino!

Nunca pensei que fosse me apaixonar perdidamente por um cara assim, feito o Cadu. Não que ele seja feio, tenha orelhas desiguais, seis dedos em cada pé, ou mau hálito (que dos males seria o menor), nada disso. É que ele é da turminha dos megapopulares, e depois da experiência do ano passado, com aquele papo todo da Mariana e companhia, confesso que fiquei escaldada com a popularidade. Percebi que ser popular pode contar mais pontos contra do que a favor no meu currículo. Sabe como é: gato escaldado tem medo de água fria. E eu não sou diferente.

Mas o Cadu parece lidar muito bem com isso, parece até gostar de sentir o olho das garotas pulando em cima dele quando ele passa no corredor do colégio. E a galera que se acumula em volta da quadra de vôlei só para vê-lo jogar. Também, aquele shortinho do time de vôlei do meu colégio é indecente. Abençoada seja a estilista que o desenhou! Graças a ela, nós podemos admirar aquelas belas pernas do Cadu todas as quartas de manhã.

Aliás, a quarta-feira é meu dia da semana predileto. Não apenas para ver as pernas do Cadu, apesar disso alegrar o meu dia logo na primeira hora da manhã, mas também porque quarta-feira é um dia especial. Não sei ao certo como explicar, mas as quartas-feiras têm um "Q" de poesia. Fica bem no meio da semana e tem aula de química. Meu professor de química também é um gato. Talvez seja isso, as quartas-feiras são dias em que os gatos saem dos telhados e enfeitam a minha vida.

Outro dia, eu mesma disse para a Mel que nunca mais queria saber desse lance de popularidade, daí ela me disse uma coisa nojenta, mas totalmente real. Sabe aquele ditado: não cospe para cima que cai na cara? Nojento, né? Foi isso que a Mel me disse. Não sei se ela quis me alertar ou se jogou uma praga em mim, mas não é que aconteceu de novo?!

Agora estou aqui, apaixonada pelo Cadu, o novo príncipe do colégio. E para completar, o sr. Matos o colocou do meu lado no programa de rádio para ver se juntos conseguimos aumentar a audiência, que anda para lá de baixa.

Ninguém merece! Vou trabalhar com o cara mais apaixonante do mundo, estou babando por ele e ainda corro o risco de ter um cuspe caindo bem no meu olho!

— ♥ —

O BEIJO

Bom, como todo mundo já está cansado de saber, eu estou a fim do Cadu. Mas nada tinha acontecido depois do que rolou lá na festa. Nada além de algumas investidas e muitos sorrisos amarelos. Ah! Na semana passada ele também elogiou o meu vestido, e eu fiquei vermelha na hora, até senti minha bochecha queimar. Acho que ele percebeu, morro de vergonha só de pensar. Ele deve ter me achado uma idiota.

Mas ontem ele foi muito atrevido. Quer dizer, eu adorei o atrevimento dele, sabe. Aliás, adorei é pouco, eu delirei. Tanto que preciso contar tudinho aqui, para não esquecer nenhum detalhe. Foi no intervalo entre duas aulas. Ele chegou e disse que queria falar comigo. Eu nem disse nada, ele já me puxou pelo braço e me levou para um cantinho do corredor. Na minha cabeça, tudo estava acontecendo rápido demais. Que tipo de garoto maluco arrasta uma garota para um canto para conversar? Meus pensamentos voavam entre hipóteses absurdas e pensamentos transcendentais. Foi aí que veio a surpresa. Ele não disse nada, apenas me tascou um beijão daqueles de deixar a gente com as pernas bambas, sabe? Juro! Tipo beijo de cinema! Nooossa! Nunca ninguém tinha me beijado assim. Minhas pernas ficaram moles, meu coração acelerou e eu nem podia acreditar.

A Mel já havia me dito que o Cadu falou para o irmão da Débora, que estuda na classe da Mel, que ele estava a fim de mim. Eu achei que fosse mais um daqueles boatos sem fundamento que sempre surgem no meu colégio, tipo aquele que correu pelas paredes do banheiro das meninas dizendo que a Ludmila tinha ficado careca por causa de um novo tratamento para alisar os cabelos. Tudo mentira! Ela faltou duas semanas ao colégio porque teve catapora e não poderia frequentar as aulas. Mas no meu colégio, temos que ter cuidado com as línguas maldosas, elas estão sempre de plantão, em busca de uma nova vítima.

Então, quando a Mel me disse isso, eu logo pensei que seria eu a próxima vítima. Estava totalmente enganada. Apesar de não ter demonstrado o menor sinal de interesse por mim depois da festa, o Cadu estava ali me beijando. Uau! E que beijo bom!

Eu sei que não é correto ficar beijando um garoto nos cantinhos do colégio, eu realmente não sou assim, mas que atire a primeira pedra aquela que nunca sucumbiu a um pequeno pecado!

— ♥ —

NO DIA SEGUINTE

E agora como é que vai ser? Eu caí que nem boba na cantada do Cadu. Quer dizer, mais ou menos, porque nem cantada rolou. Ele tinha tanta certeza de que eu também estava a fim que já chegou me beijando. Para piorar, hoje ele não vem para escola, pois o time de vôlei do qual ele faz parte foi jogar em outro estado. E eu estou aqui, num baita estresse, sem saber se vai rolar de novo ou não. Quando rolou na festa, eu e ele éramos completos desconhecidos, assim como o fato de estudarmos no mesmo colégio. Agora é, tipo assim, diferente... A situação mudou. Ficar em uma festa e nunca mais ficar, tudo bem. Mas ficar no colégio é meio caminho para namorar. Estou certa ou apenas viajando?

E para ser sincera comigo mesma, eu não entendo o que o Cadu vai querer comigo. Fala sério! Eu não sou magra de doer, nem linda de morrer, nem tenho cabelo de Barbie, nem os dentes perfeitos, nem um guarda-roupa pelo qual valeria a pena cortar os pulsos. Enfim, eu sou apenas a Dora, aluna do segundo ano desse colégio de classe média, com uma voz irritante, mas perfeita para ser locutora da rádio do grêmio estudantil, uma família maluca e um irmãozinho chato. Entende? Pandora Graziela, sem nenhum atrativo físico perturbador e com uma vidinha para lá de sem graça. O que esse garoto quer comigo? Alguém aí tem um palpite?

Outra coisa me deixa superencanada: ele é muito paquerador e tem mil garotas correndo atrás dele (se não tiver mais). Será que ele é fiel quando está namorando?

Aiiiiii! Olha eu viajando de novo! Namorar? Eu nem sei se vai rolar outra vez, quem dirá namorar!

Eita! Que ansiedade!

– ♥ –

TÔ FICANDO!

Mil coisas ao mesmo tempo. Não estou conseguindo nem me concentrar para escrever, acredita? Estou muito ansiosa, minha barriga tem vida própria e um diálogo incompreensível com o meu cérebro, que também está sob os comandos dos meus hormônios, que para variar não me obedecem. Gente, não estou brincando, estar apaixonada é como estar numa roda-gigante muito alta, dentro de um dos carrinhos giratórios. Tipo, sem comando e sem direção, tudo gira, sobe e desce sem parar. Uma loucura!

Estou possuída, por assim dizer, por um único pensamento: o beijo que o Cadu me deu. Cara, isso não sai da minha cabeça.

Hoje ele foi para escola, aliás, foi a maior festa. O time de vôlei aniquilou o outro time e chegamos às finais dos jogos interestaduais. E adivinha quem foi o herói da partida? Isso é realmente um problema. Um cara não pode ser perfeito. Quando vamos nos apaixonar, alguém deveria dizer que tipo de defeito é aceitável um garoto ter. Não está entendendo? Eu explico. O Cadu é tão perfeito, é tão bom em tudo que faz, que atrai a atenção de todas as garotas do colégio para ele. Exceto a da Mel, que tem o namorado mais fofo do mundo e é minha melhor amiga. Mas o resto das garotas morreria para ficar com ele. Isso é péssimo! Se pelo menos ele tivesse um defeito... Sei lá... Se fosse vesgo ou sofresse de mau humor crônico, quem sabe assim metade das meninas deixaria de olhar para ele e eu me sentiria mais segura para investir nessa relação? Relação? Eu disse relação? Ai, eu devo estar com febre, estou delirando de novo.

— ♥ —

QUE ROUBADA!

Era para ser apenas mais um dia na minha vidinha completamente normal. Acordar cedo, ir para o colégio, fofocar com as meninas, tirar onda com a cara dos professores, assumir o meu posto no grêmio, etc. Mas o destino resolveu, sem me consultar, que as coisas não seriam bem assim. Ainda bem, pois se todos os dias fossem previsíveis o mundo seria muito chato.

Entrei para a aula no mesmo horário de sempre e fiz questão de passar antes na frente da sala do Cadu e dar uma olhada para ver se ele já estava por lá. Mas não havia sinal dele na sala. Então me sentei à minha mesa e forcei o foco para me concentrar na aula e não ficar com a cabeça vocês sabem onde.

Lá pelas tantas, a aula estava chatíssima e eu arrumei uma desculpa para ir ao banheiro. Claro que era só desculpa. O que eu queria mesmo era passar novamente na frente da sala do Cadu, dar uma espiada e ver se ele estava por lá. E foi o que eu fiz, mas... nada. Olhei e a mesa dele estava vazia. Então decidi ir ao banheiro pelo caminho mais longo, o caminho que passa pela quadra de vôlei.

Foi quando levei um choque! Uma descarga de 200 mil quilowatts percorreu o meu corpo em poucos segundos (quem quiser, pode chamar isso de adrenalina, para mim tanto faz!). Os meus olhos não podiam acreditar no que estavam vendo. Era ele. O Cadu, de mãos dadas e conversando de rosto colado com a Ludmila!

Justo a Ludmila? Tinha que ser com ela?

Voltei para a minha sala completamente arrasada. Quando a Mel perguntou se eu tinha visto o Cadu lá fora, tive vontade de chorar bem alto, feito um bebê, mas o que aconteceu foi que apenas uma lágrima teimosa escorreu pelo meu rosto. Ela entendeu e calou-se, mas pegou na minha mão e em silêncio ficamos lá as duas, fingindo prestar atenção na aula.

– ♥ –

— DEZEMBRO —

Adoro as canções natalinas

Dezembro é meu mês favorito do ano todo. Por várias razões. É início do verão e verão é sinônimo de sol, praia e muita diversão. É o mês em que as aulas terminam e essa já é uma ótima razão para amar o último mês do ano. Dezembro também é o mês do meu aniversário e é Natal, o que significa, no meu caso, presentes em dobro!

As férias estão apenas começando e espero ter muitas coisas boas para colocar no meu diário do ano que vem!

A grande novidade dessas férias é que vou fazer 15 anos e estou preparando uma grande festa. Meus pais estão me prometendo isso desde os 12 e agora finalmente chegou a hora! Mamãe já alugou um lugar incrível. Já encomendamos o bolo e o tema da festa será "Atrizes de Hollywood dos anos 1960".

A ideia foi do meu pai e eu simplesmente adorei. Não vejo a hora de ver meus amigos todos nesse clima. Os meninos com o visual do Zac Efron no filme *Hairspray* e as garotas com vestidos rodados incríveis e penteados de topete!

A Mariana já confirmou presença, disse que estará visitando a mãe no Brasil e não perderá a minha festa por nada desse mundo.

Já fiz a lista de convidados que inclui quase todo mundo do colégio, exceto, claro, a Ludmila e o Cadu, que pelo o que eu soube estão namorando. Não quero ver esses dois de jeito nenhum! Afinal, a comemoração dos meus 15 anos é uma data que levarei para sempre na memória, e ninguém merece levar a Ludmila na memória para sempre.

O Rogerinho vem também. Sei que é estranho o que vou dizer, mas às vezes tenho a impressão de que estamos apenas dando um tempo. É como se as coisas fossem se acertar em algum momento lá na frente. E como o futuro a Deus pertence, vamos aguardar as cenas dos próximos capítulos.

Entre os meus convidados, claro que estão a Pri, a Mel e o "príncipe Harry", o Macarrão e a garota que ele está ficando. É isso mesmo, o Macarrão e a Pri não estão ficando mais e, segundo ela, está tudo bem. Ela já está a fim de outro carinha lá do jiu-jitsu. E também convidarei os amigos do clube do verde, a cooperativa do viva verde que a mamãe está apoiando.

Depois que a minha mãe entrou para o clube do verde e começou a promover atividades ambientais, todos em casa respiramos aliviados, pois finalmente tivemos um pouco de paz. Ela está se dedicando tanto à causa que até foi homenageada com um prêmio de cidadã ecológica do ano! Isso não é maravilhoso?

Ah! E no meu último programa de rádio do ano toquei na despedida uma linda canção natalina. Era para desejar aos alunos um ótimo fim de ano. E sabe do quê mais? Ninguém reclamou! O Kiko confirmou que eu serei a radialista por mais um semestre. Estou radiante de felicidade. Afinal... Ser feliz é fácil, basta querer!

– ♥ –

— RESOLUÇÕES DE ANO NOVO! —

No próximo ano, eu espero que coisas maravilhosas aconteçam. Se essas coisas maravilhosas não acontecerem, pelo menos que não venham coisas ruins. Mas, como minha mãe sempre diz, nada nessa vida vem de graça, ou melhor, tudo nessa vida tem um preço. Então resolvi terminar o meu diário com algumas resoluções que tomarei como guia de "conduta" para me dar muito bem no ano que vem!

No próximo ano, EU VOU*:*

- Começar um novo diário e não apenas para melhorar a minha caligrafia, mas para expressar minhas emoções.

- Parar de comer tantas jujubas, antes que meu metabolismo fique lento com tanto açúcar.

- Parar de comer chocolate em pó quando ninguém está olhando.

- Também não vou mais beber o leite condensado que estiver aberto na geladeira, muito menos beber e colocar a culpa no meu irmão.

- Por falar no meu irmão, vou parar de implicar tanto com ele. Afinal, ele é só uma criança, não é mesmo?

- Vou praticar *cooper* para deixar as minhas pernas mais grossas. Alguém me disse que correr todos os dias pode ajudar. Veremos…

- Limpar o meu quarto duas vezes por semana, talvez uma.

- Arrumar meu guarda-roupa e enviar para doação tudo que não quero mais.

- Economizar a grana da mesada para comprar um novo iPod.

- Organizar as músicas do meu atual iPod por nome do artista, álbum e música. Incluir a foto das capas do CD e fazer uma lista com as favoritas.

- Ler mais livros! Principalmente sobre anjos, vampiros ou lobisomens bonitões!

- Acordar mais cedo, principalmente aos sábados.

- Comer mais legumes e verduras.

- Organizar as minhas melhores fotos desse ano no álbum que a minha avó me deu e eu nem abri.

- E se eu tiver muita fé e persistência, talvez termine de tricotar o meu cachecol novo antes do próximo inverno (Mas eu duvido disso!).

- E a melhor de todas…
Vou tentar me apaixonar pelo cara certo!

★ Resolvi que não farei nenhuma lista com coisas que não pretendo fazer. Apenas prometo que tentarei não fazer coisas que magoem as pessoas ou que me humilhem ou me envergonhem de alguma maneira. Tentarei apenas não falar tanto, porque essa minha boca grande vive me colocando em enormes roubadas.

— ♥ —

AGRADECIMENTOS

Agradeço a todas as pessoas que colaboraram direta ou indiretamente com este livro. Muito obrigada pela paciência que tiveram comigo durante o processo, quando, por algumas vezes, eu fiquei ansiosa ou ligeiramente fora de controle. Desculpem por isso.

Em especial, quero agradecer a David M. Forestieri, por ser meu anjo da guarda e meu melhor amigo. Obrigada por ser meu suporte em Nova York, cidade que adotei para morar nos últimos quatro anos, e também por me ajudar a ter o inglês fluente (ou no mínimo compreensível!). David, muito obrigada, eu nunca vou me esquecer!

Agradeço também aos meus amigos de longa data e à minha família: meu pai, Gomes, e meus irmãos, Bruno e Wellington, por me escutarem e me incentivarem a continuar quando eu só queria desistir e voltar. À minha mãe, que deve estar no céu assistindo, incrédula, às minhas aventuras, pois também consegui sentir o apoio dela nos momentos difíceis.

À Ana Martins e ao Paulo Rocco, que acreditaram no projeto deste livro desde o início. E à equipe da Editora Rocco pelo trabalho maravilhoso e pelo resultado da obra. Parabéns! Vocês foram ótimos.

E, finalmente, gostaria de agradecer às minhas leitoras, que sempre falam dos meus livros com imenso carinho. Eu amo vocês.

Muito obrigada, de coração. Eu sou muito feliz por tê-las em minha vida!

DRICA PINOTTI

Este livro foi impresso na gráfica JPA, no Rio de Janeiro - RJ.